EL ZORRO

Olivier Séchan
Ilustraciones de Javier Zabala
Traducción de Mario Merlino

Altea
AVENTURA

TÍTULO ORIGINAL:
ZORRO

Del texto: 1985, Zorro Productions
De la traducción: MARIO MERLINO

De esta edición:
1995, Santillana, S. A.
Elfo, 32. 28027 Madrid
Teléfono 322 45 00

Diseño de cubierta: TERESA PERELÉTEGUI y JAVIER TEJEDA
Ilustración de cubierta: JUAN RAMÓN ALONSO

I.S.B.N.: 84-372-2191-9
Depósito legal: M. 15.814-1995

Impreso sobre papel reciclado
de Papelera Echezarreta, S. A.
Printed in Spain

Capítulo 1

El retorno de don Diego

LAS brumas matinales se disipaban con los primeros rayos del sol cuando el *Reina de Castilla,* surcando
las olas azules del Pacífico, arribó frente a las costas de
California. Era un sólido navío, construido para nave-
gar en alta mar. Había zarpado de España varios meses
atrás y, después de haber afrontado con entereza terri-
bles tempestades en el Atlántico y en las cercanías del
cabo de Hornos, llegaba por fin a destino. Eran los
primeros días de mayo de 1820.

Con el torso desnudo, tiritando por el aire fresco de
la mañana, los marineros trepaban a los aparejos y
realizaban las maniobras, bajo las órdenes del contra-
maestre, de pie en el castillo. Pero, de vez en cuando,
interrumpían su trabajo para contemplar con admiración el furioso combate a espada que se desarrollaba
debajo, en el puente.

Se enfrentaban *dos jóvenes,* y luchaban con tal en-
carnizamiento que cualquiera habría creído que se trataba de un duelo a muerte. El más bajo de los dos era
Rafael Valdez, primer lugarteniente del navío y uno de
los mejores espadachines al servicio de Su Majestad, el
rey Fernando de España. Sin dar tregua, acometía *al
joven alto y delgado* que le hacía frente y le obligaba
poco a poco a retroceder.

—¡Vamos! —gritó triunfalmente Valdez—. ¡Vamos!

Su adversario comenzaba a dar señales de fatiga. Aunque ágil y esbelto, don Diego de la Vega parecía de naturaleza indolente. Durante el viaje había dado la impresión de carecer de ardor, de energía. Se defendió muy diestramente, pero ahora corría el riesgo de caer en el empalletado.

Durante un momento, marineros y contramaestres olvidaron su tarea para observar el final del combate. A sus ojos, no había dudas sobre el triunfo del primer lugarteniente.

Sin embargo, Diego no se dio por vencido. Valdez le lanzó un terrible golpe recto, pero, con una rápida parada, Diego esquivó el hierro de su adversario.

—¡Bueno! —gritó Valdez—. ¡Muy bien!

A su vez, paró la respuesta de Diego y renovó su ataque.

Con un movimiento de muñeca, casi imperceptible, pero tan rápido como el relámpago, Diego hizo desviar el golpe. Las guarniciones de las espadas resonaron al chocar, y durante un breve instante los dos hombres estuvieron cuerpo a cuerpo; luego libraron las espadas y retrocedieron.

—Acabemos ya —dijo Diego—. El desayuno está listo...

Y pasó al ataque con una rapidez asombrosa. Valdez comenzó a retroceder, intentó una parada, pero la hoja de Diego le rozó el hombro. La expresión de sorpresa inquieta que surgió en el rostro de Valdez dejó entender claramente que su adversario podría haberle atravesado el hombro si lo hubiese querido.

Valdez no quiso reconocer su derrota. Intentó un golpe especial, en el que se había entrenado en secreto en su camarote. Cruzó la espada y, de repente, la punta de ésta se deslizó bajo la hoja de su adversario y le apuntó justo al pecho.

El lance se cumplió bien y con celeridad. Pero el resultado no fue el que Valdez esperaba. El puño de Diego giró con rapidez, y bruscamente Valdez se encontró desarmado mientras que su espada caía ruidosa sobre las planchas del puente. En un instante, la punta de la espada de Diego se apoyaba en su garganta.

—¡Tocado! ¡Me rindo! —gimió Valdez levantando las manos en un gesto de cómica desesperación.

Los dos hombres se desternillaron de risa y luego sacaron sendos pañuelos para enjugar sus semblantes sudorosos.

—Echaré de menos estos espléndidos días —dijo Valdez—. Me apena que nos abandones...

Esta larga travesía había sido placentera para don Diego, especialmente por los frecuentes asaltos de esgrima que libraba con Valdez. Pero creyó adivinar, en

la voz de éste, algo diferente a la pena, en la víspera de una separación.

—¿Qué ocurre? —preguntó—. ¡Pareces muy inquieto por mi partida!

—Has estado ausente tres años —respondió Valdez—. Me temo que no encontrarás aquí grandes cambios.

—¿Qué quieres decir?

—Cuando hay desorden en España, también lo hay aquí —explicó Valdez—. Ciertos jefes militares han abolido las libertades a las que estábamos acostumbrados.

—Pero, ¿por qué no me lo has dicho antes? —preguntó Diego—. Y además, ¿cómo lo sabes, tú que has estado más de un año fuera de California?

—¿Te acuerdas de ese navío, el *Santo-Dom,* al que encontramos hace dos días y que se dirigía hacia España? Cuando nos quedamos al pairo y tuve una entrevista con su capitán. Fue él quien me puso al corriente de lo que ocurría.

Leyendo la última carta de su padre, Diego había tenido la clara impresión de que las cosas comenzaban a andar mal en California, pero el viejo don Alejandro de la Vega no había dado ninguna explicación sobre la naturaleza de estas dificultades. Sin embargo, el hecho de que le pidiese a su hijo volver inmediatamente parecía indicar que la situación era grave. Al principio, Diego había pensado que tal vez su padre estuviera enfermo..-

—No he querido oscurecer tus dos últimas jornadas a bordo —continuó Valdez—, y he preferido esperar hasta ahora para decírtelo todo. En pocas palabras: hace un año ha sido nombrado en Los Ángeles un nuevo comandante militar, de nombre Monasterio. Desde entonces hace lo imposible para suprimir las libertades en California, al menos en la región que está bajo su control.

—Pero, ¿cómo es eso?

—Agobia al país con impuestos; acusa a las personas de traición y las encarcela; encuentra mil medios para oprimir al pueblo.

—¿A dónde quiere llegar?

—Según los oficiales del *Santo-Dom* —dijo Valdez—, este nuevo comandante pretende apoderarse de tierras de los alrededores de Los Ángeles, eliminando a sus propietarios a fin de adueñarse de sus ranchos.

—¡Ah! ¿De eso se trata? —exclamó Diego, llevando la mano a la empuñadura de su espada.

Valdez le lanzó una mirada inquieta.

—¡Calma, Diego, calma! —recomendó a su amigo—. Te he dicho que tu destreza con la espada podría serte útil, pero ahora tengo miedo de que te haga correr graves peligros.

—¿De verdad? ¿Por qué?

—Tu inesperado retorno sorprenderá a Monasterio. Se preguntará el porqué. Parece que es un hombre suspicaz. Si se entera de que eres un águila con la espada y que tomas partido contra él, ¿sabes dónde acabarías?

—¿En prisión? ¿En la horca?

—Todo es posible. Si te comprometes en la lucha, solo contra el comandante y sus lanceros, que aterrorizan la región...

Valdez no terminó su frase y sacudió sombríamente su cabeza.

—¿Qué quieres que haga? —protestó Diego—. ¿Que me quede tranquilamente en mi casa?

—No sé qué aconsejarte —respondió Valdez—. ¡En todo caso, te suplico que no actúes a la ligera!

El navío se acercaba ahora al muelle de San Pedro,

el puerto de Los Angeles. Con un suspiro, Valdez se irguió y posó la mano en el hombro de su amigo.

—¡Vamos! —dijo—. Probablemente me inquieto en balde. Quizá la situación no es tan grave como lo pretendían los oficiales del *Santo-Dom*... Ahora debo dejarte para dirigir la maniobra. Te despediré luego, cuando estés listo para desembarcar.

Y se alejó rápidamente.

Antes de haberlo juzgado por sí mismo, Diego no podía aún saber si los oficiales del *Santo-Dom* habían dicho toda la verdad, pero lo temía. Si ello era exacto, Valdez tenía sobradas razones para aconsejarle prudencia. No había que cometer el error de manifestar abiertamente su hostilidad al comandante. Durante un buen rato, Diego permaneció apoyando los codos en el empalletado, meditando sobre lo que acababa de saber; luego se enderezó y volvió a su camarote.

Bernardo, el servidor que Diego había traído de España, estaba contemplando por un ojo de buey esa tierra desconocida donde iba a vivir.

—¿El equipaje está listo? —preguntó Diego.

Bernardo se volvió y asintió con un movimiento de cabeza. Era un hombre de cierta edad, pero aún robusto y activo. De ambos lados de su cabeza calva salían dos gruesos mechones de pelo que le caían sobre las orejas y daban a su rostro una expresión algo necia. Apariencia engañosa, porque Bernardo, por el contrario, tenía un espíritu muy despierto. Este magnífico servidor era, lamentablemente, mudo de nacimiento. Diego se deslizó entre los bultos del equipaje.

—¿Dónde has puesto las cartas de mi padre? —preguntó.

Bernardo fue a abrir un maletín de cuero, de donde extrajo el paquete de cartas y se lo extendió a su amo.

Éste buscó la última carta de su padre y releyó a media voz el pasaje que lo había inquietado:

«... Es con mucho pesar, querido hijo, como te pido que interrumpas tus estudios en Salamanca y que vuelvas aquí inmediatamente. Suceden cosas que ya no puedo afrontar solo por mucho tiempo. Necesito tener a mi lago a alguien joven y animoso...»

Ahora que Valdez le había hablado, Diego comprendía perfectamente el sentido de esta petición. Su padre, don Alejandro, era un hombre rudo e intrépido, de carácter independiente. Todo debía de ir francamente mal para que se hubiese decidido a solicitarle ayuda.

—¡Toma! ¡Quema esta carta! —dijo a Bernardo.

Esperó a que su servidor quemase la carta en una copa, sobre la mesa, y luego prosiguió:

«Acabo de saber que nuestro pueblo está sometido al yugo de un verdadero tirano: el comandante de Los Ángeles. Mientras no sepa exactamente lo que está tramando, debo fingir que no estoy enterado de nada. En cuanto ello ocurra, emprenderé la lucha contra él.»

Bernardo empuñó la espada que Diego había depositado sobre un banco y la blandió con aire amenazante.

—Sí —dijo Diego—. Me serviré de mi espada si es necesario, pero no podré actuar abiertamente contra el tal Monasterio y sus soldados. Nadie debe sospechar la razón de mi retorno. Nadie debe saber que manejo bien la espada, que soy buen caballero y que represento una amenaza para ese tirano. Por el contrario, debo hacer creer que soy un pazguato jovencito que ha debido dejar la universidad porque la vida se le hacía demasiado dura. ¡Cuando no se puede llevar la piel del león, se elige la del zorro! A partir de hoy sólo seré un estudiante inofensivo que vive encerrado en sus libros.

Bernardo asintió, con los ojos brillantes.

—Y ahora —continuó Diego—, arrojarás al mar todas las medallas que he ganado en los torneos de esgrima; luego retirarás del equipaje mis mejores ropas. Voy a vestirme como un joven elegante ocioso, y actuaré como tal. Mala suerte si decepciono a mi padre.

Cuando Diego se hubo cambiado de ropa se dio cuenta de que su servidor seguía sujetando en sus manos los estuches que contenían las medallas y que vacilaba en arrojarlos por el ojo de buey.

—¡Vamos! ¡Valor! —dijo Diego—. No puedo guardar siquiera una. A partir de este momento soy otro hombre. Tú también, Bernardo, vas a cambiar de piel. Serás desde ahora un pobre tonto, sordo además de mudo. Ello te permitirá sorprender los secretos de nuestros adversarios.

Bernardo esbozó una amplia sonrisa. Arrojó las medallas al mar; puso luego su mano a guisa de pabellón alrededor de la oreja, aflojó su mandíbula y pestañeó, lo que le dio apariencia de idiota.

En el mismo instante, golpearon a la puerta del camarote.

—¡Vamos a echar anclas, señor! —gritó un marinero—. ¡En unos minutos tocaremos tierra!

Capítulo 2

El tirano

OS soldados armados detuvieron el coche en el momento mismo en que traspasaba la puerta de la villa, y de él se apeó un joven alto de andar indolente, vestido con gran elegancia, que llevaba un libro en la mano.

Era don Diego, quien, desde sus primeros pasos en tierra, comenzaba a interpretar su nuevo papel.

Desde la puerta podía ahora abarcar de un vistazo la aldea de *Nuestra Señora la Reina de los Ángeles,* más comúnmente llamada Los Ángeles. Frente a sí veía la calle Mayor, ceñida por casas bajas, abrasadas por el sol, la plazuela del mercado, la iglesia que nunca acababa de terminarse. En segundo plano, las frondas sombrías del bosque.

—¡Inspección del equipaje y los papeles! —gritó de golpe una voz ruda.

El sargento Miguel García, un hombre gordo de cara redonda y sudorosa, salía del cuerpo de guardia y se dirigía hacia el coche.

—¡Don Diego de la Vega! —exclamó—. ¡Pensábamos que seguía usted en España!

—¡Pues bien! Ya ve que estoy de regreso —replicó amablemente Diego.

Detrás del sargento divisaba el patio y los edificios del cuartel.

—Perdóneme, señor Diego —continuó García—, pero estoy obligado a controlar su equipaje.

—No se preocupe —respondió Diego complaciente.

Se volvió hacia Bernardo y le dio a entender mediante señas lo que debía hacer.

—¿Es sordomudo? —preguntó García con asombro.

Diego se limitó a inclinar la cabeza. Luego, mientras Bernardo bajaba el equipaje del coche, aparentó retomar su lectura.

—Todo está en regla —dijo el sargento cuando hubo terminado su inspección—. Voy a comunicarle al comandante que usted ha regresado.

Y se alejó en dirección al cuartel.

En el mismo instante, un ruido de cascos hizo volver la cabeza a Diego. Un grupo de lanceros montados hacía su entrada por la puerta de la villa. Rodeaban a un hombre amarrado sobre un caballo, con el rostro marcado por los golpes. El prisionero era don Nacho Torres, un ranchero respetado por todos, viejo amigo y vecino de la familia de la Vega.

Diego se sintió invadido por un acceso de rabia, pero consiguió contenerse.

—¿Así que usted es don Diego de la Vega? —soltó de repente una voz burlona.

Diego dio media vuelta y vio cerca de él a un hombre delgado, de ojos crueles y sonrisa provocadora. Llevaba una barba negra corta, recortada en punta.

—Para servirlo —respondió Diego—. Y usted es...

—... El nuevo comandante, Sánchez Monasterio, para servirlo.

—Perdóneme, comandante —dijo Diego—, pero ¿de qué se acusa a don Nacho?

—¡De traición! —replicó duramente Monasterio—. Supongo que no tendrá intención de mezclarse en este asunto.

—¡Oh, no, de ninguna manera! —balbució Diego, bajando los ojos sobre el libro que seguía en su mano.

Monasterio le lanzó una mirada de desprecio.

Los lanceros traspasaban ahora la puerta del cuartel y arrastraban a don Nacho hacia los calabozos que se elevaban sobre uno de los lados del gran patio, cerca de las caballerizas.

—¡Su padre decía, sin embargo, que usted se quedaría un año más en España! —continuó Monasterio.

—Con ello contaba —suspiró Diego—. Pero me ha resultado demasiado dura la vida en la universidad. Practicábamos esgrima, equitación. ¡Hasta debíamos batirnos en duelo!

Los labios del comandante esbozaron una sonrisa burlona. García ya le había informado que las maletas de Diego estaban llenas de libros. No, decididamente, este joven tímido no amenazaba con ser un adversario peligroso. Podía volver a casa de su padre.

Cuando Diego y Bernardo se reunieron en el coche, intercambiaron una sonrisa cómplice. Luego Diego habló a su servidor de su semental negro, *Tornado,* al que hacía criar en un lugar mantenido en secreto.

—Mi padre no paraba de decir que era un animal demasiado peligroso para mí —explicó—. Antes de irme se lo confié a unos indios que se ocupan de él. Será el tercer miembro de nuestro equipo. Tú, yo y *Tornado*. Mi nombre será desde ahora *Zorro*. Y desde esta noche nos pondremos en acción.

Ya había llegado la noche. Diego estaba sentado al piano, en su habitación, en la segunda planta de la casa paterna, y dejaba errar sus manos por el teclado mientras que su padre marchaba pesadamente de un lado a otro.

—¡Impuestos! ¡Ultrajes! —rezongaba el buen hombre—. ¡Ya no hay ninguna libertad! ¡Si no podemos pagar las tasas que nos impone Monasterio, nos manda a la cárcel y se pone en venta nuestra tierra! ¿Me escuchas, Diego?

—Sí, padre. Pero, ¿por qué los rancheros no se dirigen a los tribunales?

—¿Los tribunales? ¡Pero si aquí ya no hay justicia! Monasterio ha hecho venir de México a un turbio abogado que legitima sus actos de bandidaje... Pero ¡anda, deja el piano ya!

Diego dejó de tocar el piano. Le daba vergüenza interpretar ese papel de poltrón y de indiferente, cuando en el fondo hervía de cólera. Pero su propio padre no debía saber que él iba a combatir al tirano.

—¿No se pueden elevar protestas al gobernador? —preguntó.

—¡Protestas! —repitió lleno de furia don Alejandro—. Monasterio controla el correo. Que un ranchero escriba una carta de protesta: ¡en seguida lo meterán en la cárcel, acusado de traición!

Don Alejandro contempló a su hijo y continuó:

—Todo ello explica por qué te he pedido que vuelvas aquí.

Parecía decepcionado. Sin duda alguna, pensaba ahora que se había equivocado al llamar a su hijo pidiéndole ayuda, al contar con él. Pero no lo dijo. Meneó tristemente su cabeza blanca y se dirigió hacia la puerta.

—Buenas noches —dijo—. Volveremos a hablar de todo esto mañana por la mañana, cuando hayas descansado.

—Buenas noches, padre —respondió dulcemente Diego.

En cuanto el anciano hubo salido, Diego se levantó de un salto y tomó su espada. Furioso de haber podido pasar por un poltrón, fustigó con su hoja las partituras musicales abiertas sobre el piano.

Con la rapidez del relámpago, la punta de la espada trazó una Z sobre las partituras. Ése sería su signo. Ése sería el signo que el Zorro dejaría por todo lugar adonde fuera a combatir la injusticia.

Esa misma noche, el Zorro haría su primera salida.

En su despacho iluminado por velas, el comandante Monasterio observaba el rostro grasoso del picapleitos Bustamante Pina.

—Parece nervioso, Pina —decía—, pero va a hacer lo que le ordene. Cuando los guardas duerman, como es habitual, abrirá la celda de don Nacho y le dirá que se largue rápidamente.

Monasterio golpeteó la pesada pistola que reposaba sobre el escritorio.

—... Y nuestro prisionero será abatido durante una tentativa de fuga —añadió—. Se pondrán sus tierras en venta, porque era un traidor. Fácilmente podremos comprar para nosotros dos el rancho Torres.

Fuera, en la sombra, el Zorro había saltado un muro y luego se había agazapado en un rincón. Iba vestido todo de negro: una larga capa negra, sombrero y antifaz negros, botas negras. La puerta del cuartel estaba abierta de par en par, sin vigilancia. A la puerta del villorrio, los dos centinelas se habían echado junto al muro y roncaban.

Sin hacer ruido, el Zorro se dirigió hacia cuatro caballos con sus arreos, preparados en previsión de una patrulla nocturna. Aflojó las cinchas de las sillas. Luego entró en el patio del cuartel y se dirigió hacia los calabozos.

—¡Señor Torres! —llamó a media voz.

—¿Quién está ahí? —respondió el prisionero.

—Un amigo. ¿Quién tiene las llaves del calabozo?

—El sargento García. Pero, ¿quién es usted?

—¡Ánimo! —murmuró el Zorro—. ¡Ahora vuelvo!

Y se desvaneció silenciosamente en la oscuridad.

García estaba en la sala del cuerpo de guardia. Se había quitado la guerrera y el tahalí y los había dejado sobre la mesa. Sentado en su silla, estaba quitándose las botas cuando la puerta se abrió sin ruido detrás de sí. El sargento sólo supo que tenía un visitante cuando la punta de una espada lo tocó en la nuca. Lanzó un leve grito.

—¡Silencio, García! —ordenó una voz amenazante—. ¡Dame tus llaves!

—Yo... yo no las tengo —balbució García—. Se las ha llevado el comandante.

—¡De pie! ¡Frente a la pared! —dijo el Zorro.

García obedeció. No observó que el Zorro tomaba su espada, apoyándole la punta en medio de la espalda, calzaba la empuñadura contra el borde de la mesa y luego abandonaba la habitación de puntillas. Durante un buen rato el sargento, tembloroso, se quedó frente a la pared, no osando volverse, ¡prisionero de su propia espada!

Las manos de Pina temblaban cuando abrió la puerta de la celda.

—Queda en libertad, don Torres —dijo en voz baja—. Lárguese lo más rápido posible y no llame la atención de los guardas.

—¿Por qué hace esto? —preguntó Torres, que desconfiaba del picapleitos.

—He estudiado su caso y el comandante ha permitido que lo deje irse. ¡Dese prisa!

Torres apareció en el umbral de la celda.

—No comprendo lo que hace —insistió—. Y pienso que...

—Pienso como usted, don Torres —dijo una voz serena detrás de Pina—. Es una traición. ¡Pero este hombre ha tenido la amabilidad de evitarme ir a buscar las llaves!

Pina hipó de terror cuando la punta de una espada le pinchó la espalda.

—¡Métase dentro! —ordenó el Zorro—. ¡Encadénelo, Torres!

Pina entró tropezando en la celda oscura. Por el

ruido de las cadenas el Zorro supo que Torres ejecutaba sus órdenes. Unos minutos más tarde, el ranchero volvió al umbral.

—¿Quién es usted? —preguntó.

—Soy *el Zorro*. Ahora dese prisa en saltar el muro. Un caballo le espera bajo el Árbol de los Ancianos. Vaya a ver al padre Felipe, en la misión San Gabriel; él le dará asilo.

El Zorro hizo estribo con las manos a Torres para permitirle subir al tejado de la prisión que tocaba la muralla. En el mismo momento, Monasterio entraba en el patio del cuartel. Todo iba bien, pensó; Pina ayudaba a don Nacho a subir al tejado. El comandante se acercaba para disparar sin fallar la puntería cuando de repente vio que se erguía ante sí una alta silueta vestida de negro.

Oyó silbar la hoja de una espada y la pistola se le cayó de las manos. Inmediatamente Monasterio desenvainó su espada y entabló combate contra el desconocido, mientras Don Nacho se escapaba por el tejado.

En la sombra, el Zorro y el comandante no veían nada y debían batirse al buen tuntún, sólo teniendo cada uno para guiarse el contacto con la hoja del adversario.

El Zorro se dio cuenta muy pronto de que el comandante era un excelente espadachín, pero le obligó a retroceder hasta la puerta abierta de una celda y luego, con un golpe violento, le desarmó. Después, con la punta de su espada, le forzó a entrar en la celda, cerró la puerta y echó el pesado cerrojo.

Ya acudían soldados, algunos a medio vestir. A la cabeza iba García, que finalmente, habiéndose atrevido a volverse, había comprendido el engaño.

—¡Acaben con él! ¡Mátenlo! —aulló Monasterio a través de los barrotes de su celda.

En la celda vecina, Pina también se puso a chillar, y fue así como el comandante supo el nombre de su adversario.

—¿Quien es ese Zorro? —preguntaba Pina.

—¡Imbécil! —rugió Monasterio—. ¡Lo ha echado todo a perder! ¿Zorro? ¡No conozco a nadie con ese nombre!

Ello no le impidió desgañitarse gritando:

—¡Acaben con el Zorro, soldados!

García fue el primero que se arriesgó a atacar al desconocido, pero sin éxito. No era capaz de luchar contra el Zorro. Éste le obligó a retroceder y le hizo caer en el abrevadero de los caballos.

Entre los soldados reinaba una gran confusión.

—¡Está en el tejado! ¡Va hacia allá! —aullaba García—. ¡Cojan sus lanzas, imbéciles!

Una capa negra remolineó un instante en el cielo nocturno. Resonó una risa burlona. El Zorro había desaparecido.

—¡A caballo! —ordenó Monasterio—. ¡Atrápenlo!

Cuatro lanceros saltaron a la grupa de los caballos que estaban preparados para la patrulla. Las sillas se deslizaron y los hombres rodaron por el polvo.

Cuando se restableció la calma en Los Ángeles, García llevó al comandante el billete que un soldado había descubierto, clavado en una pared con un puñal. El billete contenía el siguiente mensaje:

> *¡Cuidado, comandante, que mi espada es de fuego!*
> *¡Si sigue haciendo el mal, no tendrá jamás sosiego!*
> *Y no se olvide nunca de mi nombre:*
> *¡El Zorro!*

El comandante estrujó irritado el billete y lo tiró al suelo.

—¡Pina, escriba! —ordenó, y comenzó a dictar:

«Quinientos pesos de recompensa a quien permita capturar al traidor don Nacho Torres. Mil pesos de recompensa a quien permita prender vivo o muerto al bandido que se hace llamar El Zorro. Por orden del comandante de Los Ángeles.»

Y luego añadió:

—Hágalo imprimir en letras grandes y que lo fijen por todas partes. Tenemos que descubrir a ese zorro. ¡Quiero que en una semana su piel esté clavada en la pared de mi despacho!

Capítulo 3

El pasaje secreto

ACODADO en el balcón del cuarto de Diego, Bernardo esperaba con impaciencia el regreso de su amo. De pronto oyó un leve ruido detrás de sí. Se volvió.

—Pareces muy sorprendido —dijo el joven sonriendo—. Ven, voy a mostrarte algo...

Se dirigió hacia la pared e hizo presión en una moldura, junto a la chimenea.

Volteó un panel, que reveló la entrada de un estrecho pasillo. Diego indicó a su servidor que lo siguiera, y poco después los dos se encontraban en una minúscula habitación que se prolongaba en un túnel. El panel secreto se cerró sin ruido. Diego encendió unas velas.

En una mesa estaban dispuestos la capa, el antifaz, el sombrero y la espada del Zorro.

—Mi propio padre desconoce la existencia de este pasaje —explicó Diego—. Lo descubrí cuando era niño.

Bernardo miró a su alrededor con alguna inquietud. Diego cogió el candelabro, bajó algunos escalones polvorientos y se internó en el túnel, seguido por su servidor. Anduvieron un buen rato.

Poco a poco se disiparon las tinieblas y ellos desembocaron en una amplia caverna, obstruida por una espesa cortina de zarzas. Una fuente manaba en un rincón. Allí estaba *Tornado,* comiendo un brazado de heno.

—Tú te ocuparás de él cuando esté aquí —dijo Diego.

Bernardo asintió. Luego señaló el zarzal con actitud interrogante. Parecía insalvable. Sin embargo, Diego se internó en él sin vacilar y, al cabo de unos metros, se encontraron fuera, a pleno sol, en una pequeña pradera rodeada de enormes rocas.

—Hay otro pasaje secreto que atraviesa estas rocas —dijo Diego—. Todos los días vendrás aquí para esconder a *Tornado.* Pero sobre todo, cuida de que nadie te vea cuando abras el panel. Ahora volvamos.

Un poco más tarde, Diego salió en coche hacia la misión del padre Felipe. En el camino se detuvo ante la casa de los Torres y le anunció a la hija de don Nacho que éste se encontraba a salvo.

—No puedo revelarle quién me lo ha dicho —añadió—, pero puede creerme: su padre ya no corre peligro.

La encantadora Elena Torres sintió un gran alivio al recibir esta buena noticia. Fue inmediatamente a comunicársela a su madre, mientras Diego proseguía su camino.

El padre Felipe era un hombre bajo, de rostro bronceado, que vestía una sotana marrón.

—¿Se ha enterado del arresto de nuestro buen amigo Nacho Torres? —preguntó el religioso.

—¡Ay, sí! —suspiró Diego—. ¡Es terrible!

—¿Sabe que ha escapado?

—¿Qué? —exclamó Diego, fingiendo sorpresa.

—Sí. Ha sido liberado por un hombre que se llama *El Zorro*. Venga conmigo...

—¿El Zorro? —repitió Diego—. ¿Y quién es ése?

—Nadie lo conoce, pero ¡bendito sea! —respondió el padre, en el preciso instante en que Torres aparecía detrás de un pilar.

—¡Don Nacho! —exclamó Diego—. ¡Está a salvo! ¡Ni siquiera Monasterio se atreverá a violar este templo!

—Sí, estoy a salvo, gracias a un tal Zorro y al buen padre Felipe —dijo Torres—. Pero me preocupa mi familia. ¿Podría tranquilizarla sobre mi suerte?

—Desde luego, yo pasaré por su casa.

No habiendo sido aún anunciada la evasión de don Nacho, Diego no podía decir que ya había tranquilizado a Elena Torres. Si no, habría revelado que él mismo era el Zorro.

Cuando volvió a la casa paterna, Diego tuvo la

desagradable sorpresa de encontrar a Monasterio instalado en el patio. En una mesa, frente a él, había un
antifaz negro, un sombrero, una espada y una capa
negra. Diego sintió que se le encogía el corazón.

—Es la copia del traje que llevaba Zorro anoche —le
explicó Monasterio—. Aquel de quien sospeche que es
el Zorro se pondrá estas ropas. Lo reconoceré por su
andar y su destreza en la espada.

—Vestidos de tal guisa, muchas personas se asemeja-
rán al Zorro —objetó Diego—. Yo, por ejemplo...

El comandante se echó a reír.

—Ambos son de la misma altura —dijo—, pero ahí se acaban las semejanzas. ¿Usted, el Zorro? ¡Imposible!

—Permítame que me ponga estas prendas —requirió Diego—. ¡Tengo el derecho de despejar toda sospecha sobre mí!

Sin ocultar su regocijo, Monasterio lo miró hacer, luego desenvainó su espalda y avanzó hacia él.

—¡Y ahora, en guardia! —dijo.

Diego se comportó como un auténtico bisoño. Monasterio lo dominó fácilmente, y al cabo de unos segundos de combate, hizo saltar su espada de las manos.

—Es suficiente, don Diego —dijo—. Usted es el último de toda California de quien sospecharía que es el Zorro.

En el mismo momento unos gritos resonaron en el patio. García se acercaba con cuatro soldados que sostenían con esfuerzo a Benito Ávila, el jefe de los vaqueros del rancho de la Vega. El rostro del hombre estaba cubierto de sangre.

—¡Es el Zorro! —bramó García—. Se ha negado a decir dónde estaba anoche y ha intentado huir cuando lo interrogábamos.

—¡Imposible! —protestó Diego—. Es un error.

—¡Vamos a verlo! —soltó Monasterio—. Venga aquí, Ávila, y póngase esta ropa.

Los soldados hicieron avanzar a Benito. Lentamente, se puso el uniforme del Zorro. Cuando lo hubo hecho, el comandante sacudió la cabeza con satisfacción.

—Pienso que es nuestro hombre —dijo.

—¡Pero yo no soy una persona fuera de la ley! —protestó Benito.

—¿De verdad? —replicó el comandante—. ¿Dónde estaba pues, anoche?

—Estaba aquí —balbució Benito.

—Los otros vaqueros dicen que había salido —intervino García.

—Pues bien... había ido a dar una vuelta para desalojar a un puma que ataca al ganado.

—¿Y ese puma dónde está? —preguntó Monasterio—. Supongo que lo habrá matado.

Benito sacudió la cabeza echando una mirada implorante a Diego. Éste quiso interceder en su favor.

—Conozco a este hombre desde hace mucho, comandante —dijo—, y estoy dispuesto a jurar que no es un bandido.

De repente, el pequeño Pepito Méndez, hijo de un criado de don Alejandro, se precipitó en el patio.

—¡No! ¡No! —gritó—. ¡Benito es un bandido, yo lo sé! Anoche se paseaba a la luz de la luna con la señorita Torres. ¡Yo los vi!

El comandante acarició con la yema de los dedos su pequeña barba en punta.

—¡Vaya! ¡Vaya! —dijo—. Es francamente muy curioso. ¡Un vaquero que corteja a la hija del traidor Torres, cuya cabeza está puesta a precio!

Presa de cólera, Benito intentó abalanzarse sobre el comandante, pero los soldados lo contuvieron.

—¡Es falso! —gritó el prisionero.

—¡Claro que es falso! —dijo a su vez Diego—. Benito sólo debía proteger a la señorita Torres.

—Ya lo veremos —replicó el comandante—. Vamos a llevar a este bandido a la casa de la joven, y ya veremos lo que ella dice.

En cuanto Monasterio se hubo alejado, Diego subió a toda prisa a su habitación y allí encontró a Bernardo, quien, desde el balcón, había asistido a toda la escena. Bernardo señaló con el dedo el panel secreto.

—¡Sí —dijo Diego—, el Zorro saldrá esta noche!

Capítulo 4

El espía

EL comandante había dejado a García y a sus hombres frente a la puerta de los Torres. Él mismo se había instalado en el gran salón para interrogar a la señorita Elena en presencia de Benito, que seguía vestido con el traje del Zorro.

—Hemos sabido que la vieron anoche en compañía de este hombre —decía Monasterio—. ¿Es exacto, señorita?

Como ella no respondía, sonrió despectivamente y añadió:

—¡No puedo creer que una joven de su rango tenga algo que ver con un vulgar vaquero!

—Es verdad —dijo Benito, cambiando una rápida mirada con Elena—. La señorita no tiene nada que ver conmigo.

—¡Pues bien, ya que no puede decir dónde estaba anoche, concluyo que estaba en la villa! —replicó el comandante, muy crecido con su sutileza.

—Sí, estaba allí —murmuró Benito.

—¡No! ¡Él no estaba! —exclamó la joven—. ¡Estaba conmigo, es la verdad!

—La verdad ya la conozco —dijo el comandante—. Pero voy a proceder a la última prueba...

Se volvió para gritar:

—¡García! ¡Tráigame su espada!

Cuando el sargento hubo regresado, Monasterio recibió la espada y se la tendió a Benito.

—¡Ahora, defiéndase! —le dijo.

—¡Pero si yo nunca he tocado una espada! —protestó Benito.

—¡En guardia!

Y Monasterio embistió al vaquero, que debió defenderse. Benito había dicho la verdad: jamás había tocado una espada en su vida. El comandante lo persiguió por la habitación, y lo habría atravesado si Benito no hubiese tenido la presencia de ánimo como para lanzarle una silla a los pies.

Monasterio empujó la silla con un puntapié y reanudó el ataque. Su hoja lastimó la mejilla de su adversario.

—¡Acérquese, señor Zorro! —gruñía el comandante—. Sé que puede hacerlo mucho mejor...

En sus ojos se leía la feroz determinación de matar a Benito. Le obligó a retroceder a través de la habitación, luego en el vestíbulo hasta el pie de la gran escalera. Benito tropezó con el primer escalón. El golpe mortal que le asestaba Monasterio se desvió y le atravesó el hombro. El comandante retiró su hoja, y se aprestaba a golpear de nuevo cuando una voz calma dijo:

—¡Deténgase, comandante!

El verdadero Zorro se erguía en el rellano de la escalera.

Se batieron en el vestíbulo, luego en el gran salón. De repente, Monasterio atrapó con su mano libre un tapete morisco, sobre una mesa, e intentó embarazar el arma de su adversario. Pero el hombre del antifaz saltó a un lado y desbarató la trampa. Monasterio le lanzó entonces un pesado candelabro. Zorro se agachó y,

rápido como el relámpago, su hoja alcanzó al comandante en el brazo.

—¡García! ¡García! —aulló Monasterio.

El sargento llegó corriendo y, ¡oh, sorpresa!, vio dos Zorros: uno que la señorita Elena guiaba hacia la antecocina; el otro que acorralaba al comandante contra una pared.

—¡Dispare! ¡Mátelo! —gritó Monasterio.

—¿A cuál de los dos? —preguntó García atolondrado.

—¡A éste, imbécil!

García alzó su pistola, pero ya Zorro daba media vuelta, se abalanzaba hacia el vestíbulo y subía la escalera en cuatro zancadas. Los dos hombres se lanzaron en su persecución, y en su prisa se atropellaron en el umbral. Luego García disparó. Su bala rompió una vitrina al final de la escalera. El Zorro había desaparecido en la sombra.

—¡Fuera! —gritó Monasterio—. ¡Cerquemos la casa!

El Zorro había salido a un balcón, en la parte trasera de la casa. Soltó un silbido agudo, y a esa señal el gran semental negro surgió detrás de los árboles. El Zorro acababa de saltar a la montura cuando García, jadeante, apareció en la esquina de la casa. Zorro dirigió su caballo sobre él, le obligó a refugiarse en los matorrales y luego se alejó al galope.

Unos instantes más tarde el Zorro se volvió y distinguió en la noche clara un grupo de caballeros empeñados en su persecución. Para no correr el riesgo de atraerlos hacia su casa, abandonó la carretera y guió a *Tornado* hasta un profundo barranco. El poderoso caballo no vaciló: sus jarretes se aflojaron, dio un salto prodigioso, sus cascos restallaron sobre la roca, del otro lado, y por fin se sumió en medio de los árboles.

Una vez más, Bernardo estaba consumido por la inquietud. Desde el balcón donde acechaba acababa de oír a los lanceros que llegaban a la carretera general. A toda prisa volvió a la habitación de su amo, pero éste aún seguía sin volver. ¿Qué le había pasado?

Ya los soldados estaban ante la casa. Golpearon rudamente a la puerta y la voz de Monasterio ordenó:

—¡Abran! ¡En nombre del rey!

En el mismo instante, el panel secreto se movió, y Diego se deslizó en el cuarto. Descolgó su bata, se la puso por encima de la ropa, cogió un candelabro de encima de la mesa y avanzó al balcón.

—¡Buscamos al Zorro! —gritó Monasterio—. Ha debido de pasar por aquí... ¿No ha oído nada?

—No, en absoluto —respondió Diego.

—¡Es curioso! ¡Debe de haberlo despertado, sin embargo, porque había luz en su habitación!

—Me había dormido leyendo —dijo Diego—. Es usted quien me ha despertado golpeando... Pero yo creía que ya tenía a ese bandido. ¿No era Benito?

—No, no era él —refunfuñó el comandante—. Lo he dejado en libertad —y luego, volviéndose hacia García, gritó—. ¡Por su culpa, idiota! ¡Sólo un idiota podía creer que Benito era el Zorro!

—Mil perdones, comandante —replicó García—. ¡Pero usted también se lo creyó!

—¡Silencio! —tronó Monasterio—. Vamos al rancho vecino. ¡Descubriremos a ese zorro!

Dos días más tarde, el padre Felipe y don Nacho mantenían una larga conversación en la sacristía de la iglesia. Don Nacho quería irse, y el cura intentaba persuadirlo de que se quedase.

—¡Debo irme, de todos modos! —insistió don Nacho—. Mi única esperanza es llegar a Monterrey para reunirme con el gobernador. ¡Él sabrá marcar la diferencia entre un traidor y un hombre honesto, ¡estoy seguro! Además, no puedo contar con que El Zorro, quienquiera que sea, continúe batiéndose en mi lugar mientras yo me oculto. ¡Finalmente, corro el riesgo de traerle conflictos con el comandante!

—¡Él no sabe que está aquí! —dijo el religioso—. ¡Se lo suplico, don Nacho, no se vaya todavía!

—No. Debo ver al gobernador.

—¿Cuándo piensa partir?

—Tal vez mañana por la mañana.

Fuera, cerca de la ventana abierta de la sacristía, un hombre bajo, de rostro simiesco, estaba reparando una grieta de la pared. Cuando oyó pronunciar el nombre de don Nacho, dejó de trabajar y paró la oreja.

Este hombre se llamaba Crespo. Sabía que el comandante había prometido quinientos pesos de recompensa por la captura de don Nacho. ¡Quinientos pesos, una fortuna!

Un gesto de avidez asomó en su rostro. Se desprendió de su llana y se alejó sin ruido...

Capítulo 5

El látigo del Zorro

A mitad de camino, Crespo se había detenido para respirar cuando vio que venía hacia él un coche conducido por Bernardo, a cuyo lado iba sentado Diego. El coche se dirigía hacia la misión San Gabriel. Crespo lo miró pasar y luego retomó su carrera hacia Los Ángeles.

Un lancero lo detuvo a la entrada del villorrio. Crespo intentó explicarle que quería ver al comandante, pero el hombre no quiso entender nada. Atraído por el fragor de la discusión, el sargento García salió del cuerpo de guardia. Él también intimó a Crespo con la orden de que diera media vuelta. En el mismo momento Monasterio, que cruzaba la plaza, se acercó.

—¿Qué ocurre? —preguntó a García.

—Este golfillo quería verlo, comandante. Yo le he dicho que...

—Poco importa lo que le haya dicho —interrumpió secamente Monasterio, y luego, volviéndose a Crespo, le preguntó—: ¿Qué quieres de mí? ¡Habla!

—Quiero la recompensa prometida por la captura del señor Torres.

—¿Tú sabes dónde está?

—¡En la misión de San Gabriel! Lo he oído hablar con el cura esta mañana y yo...

—¡Suficiente!

Monasterio lanzó dos monedas a los pies de Crespo y se dirigió a García:

—¡Todo el mundo a caballo! —ordenó.

Sentado en medio del polvo, al pie del muro, Crespo asistió a la partida de los lanceros. Apretaba en su mano las dos monedas que le permitirían apenas disfrutar de una botella de vino agrio en la taberna. ¡Por tan poco había traicionado a un hombre! No se sentía francamente muy orgulloso.

Los lanceros aparecieron bruscamente detrás del coche de don Diego. Apenas Bernardo había tenido el tiempo de colocarse al borde de la carretera cuando la tropa de caballeros, conducida por Monasterio, los adelantaba a todo galope en medio de un remolino de polvo.

—¡Rápido! —dijo Diego—. ¡Dame las riendas!

Y condujo el coche a todo correr.

Todo estaba tranquilo en la misión. Unos indios recogían naranjas, las amontonaban en unos sacos y las transportaban al almacén. Don Nacho había salido de la iglesia y se paseaba bajo el intenso sol.

De repente, el sacerdote oyó el fragor de los cascos.

—¡Vuelva rápido a la iglesia! —gritó a don Nacho.

Unos instantes más tarde, los lanceros hacían su aparición. Monasterio saltó a tierra.

—¡Rodee la misión! —ordenó a García—. ¡Esta vez, Torres no se nos escapará!

El padre Felipe avanzó hacia el comandante.

—¿Sabe, pues, que don Nacho está aquí? ¿Pero sabe también, supongo, que la iglesia es un lugar de asilo?

—¡Una costumbre absurda! —gruñó Monasterio—. ¡Ninguna ley me prohíbe entrar en la iglesia!

—Incluso podría venir más a menudo —replicó el cura sonriendo—. Le pediré, sin embargo, que deje aquí su sombrero, su espada, y que ponga su óbolo en el cepillo de los pobres.

Monasterio dejó escapar un rezongo de despecho, pero debió obedecer. Siguió al padre Felipe hacia la iglesia. Don Nacho, que estaba arrodillado ante el altar, se incorporó.

—¿Cuánto tiempo la iglesia puede dar asilo a un traidor? —preguntó encolerizado el comandante.

—Cuarenta días —respondió el padre—. ¿Ha pensado en traer su tienda de campaña?

Monasterio se volvió hacia él.

—¡Comete un grave error! —dijo.

—No es esa mi opinión —replicó el sacerdote, con una sonrisa—. Pero permítame ahora retomar mi trabajo. No deje de volver por aquí, comandante.

Cuando Monasterio salió de la iglesia, Diego acababa de llegar a la misión y se apeaba del coche.

—¿Qué hace usted aquí? —le preguntó el comandante.

—Vengo a comprar naranjas al padre Felipe.

—¿Ah, sí? ¿No se habrá enterado, por casualidad, de que Torres ha encontrado asilo en la iglesia?

—¿De verdad? —exclamó Diego.

—¡Sí! ¡Y tengo la intención de sacarlo de aquí por el pescuezo!

—¡Si yo fuese un joven oficial como usted, lleno de porvenir! —replicó suavemente Diego—, evitaría ponerme mal con el Papa y con el rey de España!

Sin atender la mirada furiosa que le lanzó el comandante, entró en la iglesia. Don Nacho se acercó a él.

En el mismo instante se elevaron fuertes gritos en el exterior. Don Nacho y Diego se precipitaron al umbral de la iglesia y vieron que los soldados reunían a todos los indios de la misión y los empujaban delante de ellos, como ganado, con la punta de sus lanzas. El padre Felipe, acudiendo en su defensa, gritó:

—¿Qué va a hacer a mis protegidos?

—Si usted utiliza el derecho de asilo, yo tengo otras leyes —replicó sarcásticamente Monasterio—. Como comandante, tengo el derecho de reclutar a estos hombres para el servicio del rey. He decidido que es necesario construir aquí una nueva carretera —y, sin escuchar las protestas del sacerdote, se volvió hacia García ordenando—: ¡Sargento, al trabajo! Inmediatamente comenzaréis la construcción de una carretera que arrancará de aquí, atravesará esta parte del naranjal e irá hasta aquellos árboles, allí abajo, detrás de las rocas.

Las horas siguientes transcurrieron con lentitud. Desde la puerta de la iglesia, don Nacho y Diego observaban a los soldados que trataban duramente a los indios, los hostigaban, sin dejarles un instante de reposo. Les obligaron a derribar unos naranjos y a transportar unos bloques enormes.

Incapaz de soportar durante más tiempo este espectáculo, don Nacho quiso entregarse, pero Diego le disuadió de ello y fue a reunirse con Bernardo. Con la yema del dedo, dibujó una Z en el aire.

—¡Ve a buscar a *Tornado* y hazlo deprisa!

Al caer la noche, la carretera estaba terminada. Sin embargo, el comandante no quiso quedarse allí. Hizo encender antorchas y decidió que los indios transportarían más lejos todas las rocas que habían desplazado. Luego avanzó hacia el pórtico de la iglesia.

—Ahora nos serviremos de látigos —anunció—. Estos indios del demonio están ya agotados, pero los despertaremos a latigazos. ¿Está contento, Torres?

—¿Quiere que le hable yo, comandante? —preguntó Diego—. Tal vez lo convenza de que se entregue.

—¡Pues bien, háblele! —respondió secamente Monasterio—. Le doy diez minutos.

Se alejó riéndose burlonamente. Pasado un instante, Diego vio a Bernardo que avanzaba bordeando la iglesia. El mudo señaló con el dedo el muro del jardín.

—¿*Tornado* está allí? —preguntó Diego—. ¿La espada, la capa?

Bernardo hizo señas de que sí.

—Bien —dijo Diego—. Esto es lo que vas a hacer ahora...

Provisto de las instrucciones de su amo, Bernardo desapareció silenciosamente en la sombra. Se acercó a los caballos sujetos a unos arbustos o a anillos fijados a la muralla de la misión y desanudó sus bridas.

Diego acababa de encontrar a *Tornado* detrás de la pared del jardín cuando unos aullidos se elevaron en la noche calma. Monasterio no había cumplido su palabra, no había respetado el plazo de diez minutos. Obedeciendo a sus órdenes, los soldados golpeaban a los indios a latigazos en cuanto mostraban el menor signo de fatiga.

Don Nacho no lo pudo soportar. Salió de la iglesia gritando:

—¡Basta! ¡Basta! ¡Dejen de golpearlos!

Un centinela, al verlo, se arrojó sobre él.

—¡Sargento García! —gritó el soldado—. ¡Aquí está! ¡Lo tengo!

Acudió el padre Felipe, asió a don Nacho de un brazo e intentó llevarlo hasta la iglesia.

—No, me entrego —dijo don Nacho—. No quiero que estos hombres sufran por mi causa.

García llegó corriendo. Monasterio estaba más lejos. Al oír los gritos, se precipitó hacia su caballo, ordenando a los soldados que vigilaran bien a los indios. Uno de éstos intentó aprovechar la agitación para escaparse, pero un cabo lo hizo caer asestándole un latigazo en las piernas.

Y fue entonces cuando en un rincón del jardín surgió bruscamente un gran caballo negro, como un demonio saliendo de la noche. A la luz humeante de las antorchas, caballo y caballero pasaron como un relámpago.

—¡El Zorro! —aulló García.

El cabo que había golpeado al indio blandía de nuevo su látigo cuando oyó el estrépito de los castos detrás de sí. Se volvió de un salto, pero el Zorro pilló al vuelo la larga correa de cuero y se la arrancó al hombre.

—¡Huid! —gritó a los indios.

Éstos se escaparon por todas partes, aprovechando la confusión general. Los caballos desatados por Bernardo se ponían a correr en todas direcciones; el Zorro les asestó algunos correazos para aumentar el desorden. Monasterio intentaba atrapar a su montura gritando:

—¡Detengan a los indios! ¡Apresen al Zorro vivo!

Órdenes más fáciles de dar que de ejecutar. Dos soldados intentaron golpear a *Tornado* a lanzazos, pero cuando el Zorro cargó contra ellos, huyeron a todo correr chillando aterrorizados. Más tarde, uno de ellos juró que el gran semental negro escupía fuego por sus ollares, y que el látigo en la mano del hombre enmascarado era una inmensa serpiente viva.

Una vez que los hubo perseguido, el Zorro dio media vuelta y volvió a la misión llevando delante de sí a varios caballos desbocados. Se detuvo ante don Nacho, que seguía flanqueado por el cura y el centinela.

—¡Vuelva a la iglesia, don Nacho! —gritó—. ¡Los indios han huido!

Aterrado al ver al misterioso Zorro, el centinela soltó a su prisionero y corrió a ocultarse detrás de la pared del jardín.

Monasterio, que al fin había encontrado a su caballo, apareció de repente al galope, precedido por un lancero. El Zorro se preparó a enfrentar el ataque, mientras el cura y don Nacho se refugiaban en la iglesia.

No se movió del medio del camino. Por un instante pudo creerse que los dos caballos iban a estrellarse uno contra otro, pero en el último segundo el Zorro hizo dar un salto de lado al semental negro. Silbó su látigo y se enrolló en la lanza de su adversario, que fue desmontado y rodó por tierra, mientras su caballo proseguía la carrera.

Al Zorro le costó trabajo recuperar su látigo. Apenas lo había conseguido, Monasterio estaba sobre él, blandiendo su propio látigo.

Todo lo que el Zorro pudo hacer fue agacharse para evitar el terrible golpe. La correa de cuero estuvo a punto de darle en la cabeza y golpeó en el cogote a *Tornado*. Con un relincho de dolor, el semental negro se encabritó; al descender, sus cascos alcanzaron al otro caballo, que enloqueció e intentó huir.

Pero Monasterio era un jinete consumado. Dominó su montura, la condujo hacia su adversario, levantó de nuevo el látigo.

Esta vez el Zorro se adelantó. Restalló su látigo y se enrolló en el puño del comandante.

Monasterio intentó liberarse. En el mismo instante su caballo, espantado por *Tornado,* se puso a girar sobre sí mismo. La larga correa rodeó el cuerpo del comandante, quien se encontró amarrado a su propia montura.

El Zorro imprimió unas violentas sacudidas más a su látigo, luego se inclinó, hizo sonar su mano sobre la grupa del caballo y soltó la vara. Por fin libre, el pobre animal se lanzó a la carrera, llevando a su prisionero.

El Zorro se echó a reír.

—¡Estarán tranquilos esta noche! —gritó al padre Felipe—. ¡Buenas noches!

Capítulo 6

El fracaso del Zorro

A la mañana siguiente, el comandante Monasterio estaba furioso. Ya todos conocían su desventura y se reían a sus espaldas. Sabía también que algunos de sus soldados se burlaban de él. Si no emprendía inmediatamente una acción decisiva contra el Zorro y don Nacho, la gente acabaría por perderle el miedo.

Durante el desayuno, se le ocurrió una idea. Hizo llamar al sargento García.

—Ese indio que capturamos anoche... —comenzó.

—Sí —dijo García—. Se llama Inocente...

—¡Me importa un bledo su nombre! —bramó Monasterio—. ¡No me interrumpa! A ese indio, decía, le haremos confesar. Deberá reconocer que él y sus compañeros planean un ataque a la misión.

—¿Es verdad? —preguntó García estupefacto.

—¡Pues claro, imbécil! Que lo aten al poste, en la plaza, y que el cabo Ortega le acaricie las costillas a latigazos.

—Perdón —dijo García—, pero Inocente no confesará nada, aunque le golpeen. ¡Son tercos esos hombres!

—¡Poco importa! Lo único que quiero es que tema por su pellejo y no se atreva a contradecirme cuando informe de su confesión al padre Felipe.

En la misión, siguiendo los consejos del padre Felipe, don Nacho había renunciado a irse inmediatamente a Monterrey. Ambos hombres se paseaban charlando por el jardín cuando oyeron acercarse a los lanceros.

—¿Otra vez? —rezongó el cura—. ¿No nos dejará nunca en paz? ¡Vuelva rápido a la iglesia, don Nacho!

En cuanto Monasterio puso pie en tierra dio a sus soldados la orden de cercar la misión. Luego el cabo Ortega avanzó, llevando delante al indio cautivo.

—¡Inocente! —exclamó el cura, abalanzándose hacia él—. ¿Qué te han hecho?

—¡Apártese! —le ordenó Monasterio—. Es mi prisionero.

—¿Debo suponer que viene aquí con un nuevo plan para violar este santuario? —dijo el sacerdote.

—¡Oh, no! —replicó Monasterio con una sonrisa—. Todo lo contrario. Vengo a proteger los bienes de la iglesia y sus vidas contra un ataque de los indios.

—¿Qué historia absurda es esa?

El comandante apuntó con el dedo a Inocente.

—Este salvaje ha confesado que sus compañeros se disponían a incendiar la misión —dijo—. ¿No es verdad, Inocente?

Llevó su mano al pomo de la espada. Al mismo tiempo Ortega, situado detrás del indio, le apoyaba el puñal en la espalda. Por nada del mundo el desdichado Inocente se habría permitido mentir, pero, temiendo por su vida, no osó desmentir al comandante.

—¡Es una artimaña innoble! —exclamó el padre.

—¡En absoluto! Sólo cumplo con mi deber protegiendo su misión. ¡Llévense al prisionero!

Cuando Ortega hubo arrastrado a Inocente, Monasterio se volvió hacia el padre Felipe.

—A partir de ahora —continuó— esta misión se encuentra bajo mi mando. Dará usted alimento y hospedaje a mis hombres y obedecerá mis órdenes.

Diego, que temía con razón que el comandante meditase un nuevo golpe contra don Nacho, llegó en ese momento encaramado en un caballo barrigón, de patas cortas. El padre Felipe le comunicó la indigna artimaña concebida por Monasterio para tomar el control de la misión.

—¿No entrará a pesar de todo en la iglesia? —preguntó Diego.

—No, no lo hará —respondió amargamente el cura—. Pero ha prohibido que se le lleven víveres y agua a la iglesia y ha colocado soldados en todas las salidas. ¿Podrá mantenerse don Nacho mucho tiempo?

—¡Es terrible! —suspiró Diego—. Comprenderá ahora por qué prefiero mis libros y la música a este mundo brutal. En fin, iré a contarle todo esto a mi padre.

El sacerdote le miró mientras se alejaba. Quería mucho al joven y no pensaba en censurar su pusilanimidad. Pero en un momento semejante habría preferido tener como aliado a un hombre valeroso y enérgico..., ¡un hombre como el Zorro! Luego dejó de pensar en Diego e imaginó un plan para abastecer de víveres a don Nacho.

Desde el cementerio, que se extendía a un lado de la iglesia, una puerta baja permitía pasar a una salita cercana al altar. Fue por allí por donde, llegada la noche, el buen sacerdote intentó entrar a la iglesia para llevar a su protegido una cesta con alimentos y una botella de agua.

Evitó a los lanceros que vigilaban bajo el pórtico y ante la entrada lateral, y luego se deslizó hacia la pequeña puerta. Pero apenas entrado en el estrecho pasaje, una mano, surgiendo de las tinieblas, le arrancó su cesta de provisiones.

—¡Muchas gracias, padre! —soltó la voz burlona de Monasterio—. ¡Justamente me estaba muriendo de hambre!

—¡Es usted inhumano! —gimió el padre—. ¡Déjeme al menos llevarle agua!

—Que beba la de las pilas de agua bendita —replicó Monasterio—. Y gracias también por este sabroso pollo.

Fuera, en una brecha de la pared a medias desmoronada, que se había construido antaño para protegerse de los indios, una alta silueta vestida de negro observaba la entrada principal de la misión. *Tornado* estaba oculto un poco más lejos, en medio de los árboles. El Zorro había colgado a su espalda un odre de piel de cabra, lleno de agua, y un saco de provisiones.

El sargento García vigilaba la puerta grande. Pronto se puso a bostezar y luego se apoyó pesadamente en la pared y pareció dormirse.

El Zorro se aprovechó de ello para alejarse sin ruido a lo largo de la pared en ruinas y traspasarla por una brecha. Desde allí podía llegar fácilmente a la pequeña puerta lateral.

El cabo Ortega, que vigilaba en el patio, creyó percibir una sombra en la pared y fue a advertir al comandante.

Y fue así como el Zorro cayó en la trampa dentro de la iglesia. ¡Él no podía saber que después de haber sorprendido al sacerdote cuando llevaba los alimentos a don Nacho, el comandante se había cuidado muy bien de volver a cerrar la puerta pequeña, pues esperaba a otro visitante! El Zorro entró sigilosamente.

Don Nacho estaba sentado en la sombra, con la cabeza apoyada en el respaldo de su banco.

—¡Don Nacho! —murmuró el Zorro.

Llevó un dedo a sus labios y le tendió al desdichado el odre y el saco de provisiones.

—¡Gracias, señor Zorro! —murmuró don Nacho—. No debería haber arriesgado de nuevo su vida por mí...

Destapó el odre y se puso a beber a largos tragos.

De repente resonaron unos pasos bajo el pórtico. Monasterio y dos soldados aparecieron espada en mano. El Zorro se abalanzó hacia la puerta lateral, pero ésta estaba igualmente guardada por dos lanceros.

—¡Ah, ah, señor Zorro! —exclamó Monasterio—. ¡Esta vez está atrapado!

El Zorro corrió hacia la pequeña puerta por la que había entrado; otros dos soldados, armados de lanzas, le cerraron el paso. Entonces se precipitó a la estrecha escalera que llegaba hasta el campanario.

—¡Síganlo! —gritó Monasterio—. ¡Préndanlo vivo, si es posible!

Como ningún soldado parecía decidido a subir la escalera de caracol para enfrentarse con la espada del Zorro, Monasterio ordenó a un hombre que lo siguiera y él pasó el primero.

Subieron la escalera hasta la parte más alta, pero no encontraron a nadie.

Monasterio se quedó un instante perplejo por este misterio. Luego se dio cuenta de que la cuerda de la campana había sido atada a un balaustre del balcón y colgaba en el vacío. El comandante se inclinó y vio al Zorro que bajaba. En seguida se puso a acuchillar la cuerda a estocadas. Algunas hebras se rompieron. Zorro estaba lejos del suelo. El comandante redobló sus esfuerzos y la cuerda se cortó.

—¡García! —chilló Monasterio—. ¡Al cementerio! ¡El Zorro ha caído...!

El Zorro se había quedado un momento aturdido por su caída. Pero cuando oyó a García acudir con los soldados, se repuso. A toda prisa se deslizó hacia la puerta del cementerio, amarró un cabo de la cuerda al gozne inferior de la verja y se agazapó del otro lado, detrás de un matorral, dejando arrastrar la cuerda en el suelo.

—¡Síganme! —gritaba García.

Tres lanceros lo seguían a la carrera pisándole los talones. Cuando, en el último instante, Zorro tensó la cuerda a la altura de sus rodillas, los cuatro hombres cayeron desplomándose unos sobre otros. Antes de que llegaran a recuperarse, el Zorro ya había saltado a la grupa de *Tornado*.

Monasterio acababa de bajar del campanario. Al salir de la iglesia vio que el Zorro huía a la luz de la luna. En seguida ordenó a un destacamento de lanceros que le dieran caza. Los caballeros lo persiguieron mucho tiempo, pero el Zorro logró desorientarlos utilizando pistas secretas que los indios le habían enseñado durante su infancia, y arribó sin tropiezos a la caverna.

Capítulo 7

El monje fantasma

A la mañana siguiente, el sargento García estaba encargado de la guardia de la misión, porque a Monasterio, agotado por la larga persecución nocturna, se le habían pegado las sábanas. Cuando Diego llegó, un lancero le dijo que debía solicitar a su jefe la autorización para reunirse con el sacerdote.

Sentado en una silla, bajo un enorme pimentero, García pretendió darse aires de importancia.

—¿Fin de la visita? —preguntó secamente.

Diego le tendió un rollo de pergamino que García hizo ademán de examinar. El texto estaba en latín, pero esto no tenía ninguna importancia, porque el sargento no sabía leer.

—Muy interesante —masculló García—. No tengo tiempo de revisarlo hasta el final. ¿De qué se trata?

—Es la historia de ese monje atrapado y torturado por los indios en 1771, cuando se edificó la misión —le explicó Diego—. Lo ataron a este pimentero, que era mucho más pequeño en aquel entonces, y lo torturaron hasta la muerte.

García lanzó una mirada inquieta al árbol.

—Desde entonces —continuó Diego—, su fantasma frecuenta la misión. Cuando aparece, las campanas de la iglesia se ponen a sonar a medianoche.

—¿Ah, sí? —balbució García—. ¿De verdad...?

—El monje fantasma sale de una tumba del cementerio —prosiguió Diego, imperturbable—. Lanza unas carcajadas aterradoras. En lugar del rostro, sólo tiene un agujero negro... Este manuscrito cuenta la trágica aventura de un hombre que, una noche, encontró al fantasma bajo este mismo árbol. Al día siguiente lo descubrieron muerto, con una expresión de horror en la cara, tendido en el mismo sitio en el que usted está sentado ahora.

García se estremeció. De repente soltó un chillido de terror y se puso en pie de un salto al advertir una silueta encapuchada. No era otro que el padre Felipe.

—¡Vamos! ¡Vamos! —dijo Diego—. ¡Es demasiado inteligente para creer en fantasmas, García!

—Claro que lo soy —masculló el sargento sentándose de nuevo.

Pero en cuanto el sacerdote y Diego se hubieron alejado, el sargento trasladó su silla un poco más lejos.

En un rincón del jardín, en un sitio donde no corrían el riesgo de que los lanceros les oyesen, Diego dijo al sacerdote:

—Tengo un plan para salvar a don Nacho. Sé que no le gusta que se recurra a las supersticiones, pero...

—Expóngame primero su plan —interrumpió el cura—. Luego le diré lo que pienso.

Y cuando Diego le hubo explicado lo que pretendía hacer, el padre Felipe sonrió radiante.

Era una noche pesada, sin luna. Ortega y García vigilaban junto al muro de la iglesia, hombro con hombro.

—Nosotros no creemos en esa historia del monje fantasma, ¿no? —dijo Ortega.

—Un cuento de niños —respondió García mirando a su alrededor en las tinieblas.

—¡Sin embargo, los soldados parecen creer en ella!

—Somos demasiado inteligentes para eso —replicó García—. Además, he apostado a Contreras en el campanario. Un fantasma no se arriesgará a tocar las campanas si alguien está allí. ¡Aparte de ello, los fantasmas no existen!

—¿Entonces, por qué ha mandado a Contreras al campanario?

—Porque... ¡Ande, no me fastidie con sus preguntas!

Durante un buen rato se quedaron silenciosos.

—¡Ya es casi medianoche! —murmuró finalmente Ortega.

Como si hubiese dado una señal al pronunciar estas palabras, la campana hizo «¡bing!». Ortega y García se arrimaron uno a otro. Del extremo de la torre, Contreras gritó:

—¿Quién ha tirado de la cuerda?

—¡Ya no hay cuerda! —respondió García—. ¡Es usted el que ha tocado!

—¡No he sido yo! —protestó Contreras.

—¿Entonces hay alguien más ahí arriba?

—¡No, nadie!

Unos instantes más tarde, Contreras gritó:

—¡Veo algo que se mueve en el cementerio!

—¡Vaya a ver! —ordenó García a su compañero.

Un nuevo repique de campana resonó en la noche.

—Usted es el jefe —gimió Ortega—. ¡Vaya usted delante!

García tomó del brazo al cabo y ambos se dirigieron lentamente hacia la puerta del cementerio. De pronto, a la pálida claridad de las estrellas, distinguieron una silueta que surgía detrás de una tumba, un monje encapuchado, con un agujero negro en lugar del rostro. El espectro lanzó una horrible carcajada burlona.

García y Ortega dieron media vuelta y huyeron. En el ángulo de la iglesia se toparon con Monasterio que llegaba, atraído por los toques de campana. Los tres rodaron por el suelo.

—¿Qué ocurre? —rezongó el comandante.

—¡El monje fantasma! —dijo jadeante García—. Lo hemos visto en el cementerio... No tiene cara... Chilla...

—¡Bah! —dijo Monasterio—. Los fantasmas no existen. Vengan conmigo, vamos a ver qué facha tiene ese aparecido.

Ortega logró escaquearse, pero García tuvo que acompañar al comandante.

Ellos entrevieron al fantasma junto al enorme pimentero, allí donde García había oído por primera vez la historia del monje. El sargento se paró en seco, dejando que Monasterio continuara solo.

El fantasma pasó detrás del árbol. Desde donde estaba, García vio al comandante rodear el tronco una vez, dos veces...

—¡Ha desaparecido! —gritó Monasterio con una voz furiosa.

Luego alzó la cabeza para mirar en las ramas, pero en el mismo instante cayó desplomado.

García no había podido ver que una piedra pesada, lanzada desde el árbol, había alcanzado al comandante en la cabeza. Creyó que el fantasma había hecho una nueva víctima.

Alertados por el ruido, unos soldados habían abandonado su puesto; otros salían de los dormitorios. Contreras y Ortega les describían el horrible bulto que habían entrevisto cuando surgió García, corriendo lo más rápido que le permitían sus piernas cortas.

—¡Sálvese quien pueda! —chilló—. ¡El monje fantasma ha matado al comandante!

Aterrorizados, los soldados huyeron en dirección a Los Ángeles como almas que lleva el diablo.

Llegado ante el almacén donde estaba encerrado Inocente, el monje fantasma se quitó la sotana y el retal de tela negra que le velaba el rostro. Era el Zorro. Descorrió el cerrojo y llamó a Inocente.

—Eres libre —le dijo—. Ve a decirles a los tuyos que pueden volver a la misión. Los soldados se han ido.

Unos instantes más tarde, el Zorro se encontró a Bernardo, que aún sostenía en su mano la honda de la que se había servido para lanzar piedras contra la campana de la iglesia.

—¡Una buena velada! —dijo el Zorro con satisfacción—. Ahora volvamos rápido.

Reinaba en la misión un silencio absoluto cuando el comandante salió de su desvanecimiento y se puso penosamente en pie, palpando el chichón que tenía en la cabeza. Tropezó con la gran piedra que lo había golpeado. ¿El monje fantasma? ¡Pamplinas! ¡Los fantasmas no lanzas piedras desde la copa de los árboles! Monasterio tenía ya una vaga idea de quién había realizado todo ese buen trabajo.

Como era de esperar, había desaparecido hasta el último lancero. El comandante tuvo que emprender la búsqueda de su caballo y ensillarlo él mismo; luego tomó el camino de la villa.

Desde el pórtico de la iglesia, el padre Felipe le vio alejarse. Volvió entonces junto a don Nacho.

—Venga a cenar conmigo —le dijo—. Necesitará una buena comida antes de partir para Monterrey.

—Pero, ¿por qué se han espantado? —preguntó don Nacho—. ¡Qué pánico! ¿Qué ha ocurrido?

—Un pequeño milagro debido a ese listo de Diego —respondió el padre sonriendo—. Y pienso que ha recibido ayuda de cierto hidalgo, conocido por el nombre de Zorro.

Capítulo 8

¡Detenidas!

GARCÍA sabía muy bien que un soldado debe obedecer sin discutir, pero cuando Monasterio le ordenó que formase una escuadra de lanceros y que fuese a detener a doña Luisa Torres y a su hija Elena, el gordo sargento apenas pudo dar crédito a sus oídos.

—Pero... pero ¡son mujeres! —balbució.

—¡Son la mujer y la hija del traidor! —clamó Monasterio dando un golpe sobre la mesa—. ¡Deténgalas y métalas en prisión!

—Perdón, comandante —continuó García—, ¡pero a la gente eso no le gustará! Nos insultarán, tal vez nos arrojen piedras...

—¡Ejecute inmediatamente mis órdenes! —rugió Monasterio—. ¡Y traiga a las prisioneras en una carreta!

Aun siendo militar, García se quitó el sombrero cuando golpeó a la puerta de los Torres. Fue a abrir un criado, observó al sargento con disgusto y le hizo entrar cuando éste le dijo que deseaba ver a doña Luisa.

Ésta apareció unos instantes después, orgullosa y digna.

—Mil perdones —farfulló García—: he recibido la orden de detenerla, a usted y a su hija.

—¿Y de qué se nos acusa?

García le extendió la orden de detención, pero la dama la rechazó con un gesto.

—Inútil —dijo ella—. No acostumbro leer las mentiras que ha podido escribir ese ganso del comandante.

—Entonces, ¿se niega a seguirme? —preguntó García, horrorizado ante la idea de verse obligado a llamar a los lanceros para detener a dos mujeres.

—En absoluto —respondió tranquilamente doña Luisa—. Haga avanzar mi coche hasta la puerta.

Y abandonó la habitación, mientras García soltaba un gran suspiro de alivio.

La mujer y la hija de don Nacho, pues, hicieron su entrada en Los Ángeles en su propia calesa, y no en una carreta, como lo había exigido Monasterio. García había confiado en pasar inadvertido, pero la escuadra de lanceros atrajo la atención. Acudieron de todas partes. Al distinguir a las dos prisioneras, la gente se quitó el sombrero y se puso a seguir al coche, con el riesgo de ser pisoteada por los caballos. Resonaron gritos hostiles, algunos cascotes volaron.

En el mismo instante Pina, el picapleitos, hizo irrupción en el despacho de Monasterio.

—¿Qué pretende hacer, comandante? —preguntó—. ¡Detener a la hija y a la mujer de don Nacho es una locura! ¿No oye cómo protesta la gente?

—¡Pues bien, que griten! —replicó Monasterio con una sonrisa—. Cuanto más griten, mejor será. No pueden hacer nada contra nosotros. El único que representa un peligro es el Zorro. La gente ha hecho de él un ídolo, y los ídolos deben siempre realizar grandes hazañas. ¿Comprende ahora?

Con el dorso de la mano, Pino se enjugó su frente sudorosa. Se calmó un poco.

—Sí, creo comprender —dijo—. ¿Piensa, pues, que el Zorro habrá de venir a socorrer a estas mujeres?

—Así es. Si no lo hace, la gente ya no tendrá confianza en él. Y si lo hace, lo esperaremos a pie firme. Será el final del Zorro.

Abajo, habían encerrado a doña Luisa y su hija en una celda. Los lanceros dispersaban a la multitud.

—¡Zorro o no, me da miedo ese pueblo que protesta! —añadió Pina.

—¡Vamos, deje de quejarse! —le soltó duramente Monasterio—. Nosotros queremos el rancho Torres, al menos para comenzar. Acusando a Torres de traición, hemos actuado muy hábilmente. Nos ha hecho un buen servicio evadiéndose, porque ello prueba que es culpable.

—Exacto —reconoció Pina.

—Y ahora hemos detenido a su mujer y a su hija —prosiguió el comandante—. Si quieren ser liberadas, firmarán una confesión en la que reconozcan que Torres ha cometido actos criminales.

—Buena idea —dijo Pina.

En cuanto supo del arresto de las dos mujeres, Diego decidió dirigirse a Los Ángeles. Iba a montarse en *Ratón,* el viejo caballo barrigudo que usaba durante el día, cuando Benito Avila, primer vaquero del rancho, se dirigió hacia él. Benito era un hombre robusto y decidido, y todo el mundo había adivinado que amaba a Elena Torres. Conteniendo su rabia a duras penas, preguntó:

—¿Es verdad que el comandante ha detenido a Elena?

—Es verdad —dijo Diego.

—¿Y a él qué le va a pasar?

—No sé nada, Benito. Justamente voy a la villa a ver lo que puedo hacer.

Benito dejó estallar su furor.

—¡Yo sé bien lo que haré! ¡Mataré a Monasterio!

—¡Calma! ¡Calma! —le dijo Diego, y luego, con una sonrisa amenazante, añadió—: Pero es una idea tentadora, ¿no?

A veces a Benito le daba por pensar que el joven Diego era mucho menos blando de lo que la gente creía. En ese instante, precisamente, cuando había sonreído, toda dulzura había desaparecido de su mirada. Su expresión se había tornado amenazante.

—Manténgase lejos de Monasterio —le aconsejó Diego.

—¡Yo no le tengo miedo!

—¡Lo sé, pero evítelo de todos modos!

Dicho esto, Diego montó a caballo. Cuando le vio alejarse, Benito cambió de idea sobre esa sonrisa que le había parecido reveladora. ¡Qué caballo ridículo ese

Ratón! ¡Jamás un joven valiente se permitiría aparecer en la villa en un jamelgo semejante! No, ese pobre Diego no podría hacer mucho por Elena y su madre.

Sólo el Zorro podía prestarles auxilio.

Y de repente Benito se golpeó la frente, porque había tenido una idea.

Cuando Diego entró en Los Ángeles, el padre Felipe dirigía los trabajos de construcción de la iglesia. El joven confió las bridas de su caballo a un chaval y luego avanzó hacia el sacerdote.

—¿Ha podido hablarles? —preguntó Diego señalando la prisión con un gesto de la cabeza.

—Están prohibidas todas las visitas —respondió tristemente el cura.

—Entonces, vamos los dos a ver al comandante.

Monasterio estaba a punto de cenar cuando el cabo Ortega introdujo al padre Felipe y a Diego junto a él. El comandante se limpió la boca con el dorso de la mano, observando a Diego con una mirada suspicaz.

—¿Qué viene a hacer aquí? —le preguntó.

—Es mi padre quien me envía —respondió Diego—. Sabe que usted ha detenido a las damas Torres...

—Habría hecho mejor en venir él mismo —replicó insolentemente el comandante—. De todas maneras, no habría servido de nada. Nadie puede intervenir en favor de las prisioneras.

—¿Tampoco la Iglesia? —preguntó el cura.

Monasterio se metió en la boca un trozo grande de carne. Lo masticó un buen rato, lo tragó y se tomó todo el tiempo que quiso para responder:

—Este asunto concierne al ejército, padre, y no a la Iglesia. Métase eso en la cabeza.

—¿Debo entender que retiene a estas damas como rehenes? —preguntó Diego con una voz vacilante.

—¿Como rehenes? ¡Oh, no! Sólo las retendré hasta que me hayan dicho toda la verdad.

—¿Y qué verdad deben ellas confesarle?

—Es usted muy amable, pero un poco necio —replicó el comandante sirviéndose otro vaso de vino—. Pues bien, estas damas estaban al corriente de los planes de traición de don Nacho, y deberían haberme informado de ello.

—¿Para qué? —preguntó inocentemente Diego—. ¡Proclama usted sin cesar que es el hombre mejor informado de toda California!

El comandante le lanzó una mirada dura.

—¡Tiene usted la lengua demasiado suelta! —gruñó—. ¡Se la podrían cortar!

Esperó que Diego bajase la vista y prosiguió:

—En segundo lugar, la familia Torres ha ayudado a ese traidor a escaparse. Después de haber abandonado su iglesia, padre Felipe, don Nacho no se ha ido directamente al Norte, sino que se ha detenido unas horas en su casa.

—¡No pretendería que su mujer y su hija lo dejasen en la calle! —protestó el cura.

—Es un traidor. Esas damas lo sabían y a pesar de todo le han ayudado. Cuando hayan firmado su confesión serán puestas de nuevo en libertad.

Diego soltó un suspiro de resignación.

—Y ahora —prosiguió el comandante con una voz más fuerte—, le aconsejo, padre, que vaya a trabajar con su asistente, el padre Juan, en la construcción de la iglesia. ¡Y usted, don Diego, haría mejor en volver a la casa de su padre, donde su lengua insolente no corra ya tan grandes peligros!

Diego sentía unas ganas locas de saltar al cuello de Monasterio. Una vez fuera, logró recobrar el control de sí mismo y fue una vez más el despreocupado hijo de don Alejandro.

—¿Aceptaría cenar conmigo en la posada? —le preguntó al sacerdote.

—De muy buena gana —respondió éste—. Pero permítame que antes dé algunas instrucciones a los albañiles.

Diego aprovechó la ocasión para ir a reunirse con Bernardo, apostado junto a la posada. Todo el mundo le creía sordo, lo que permitía a Bernardo recoger muchas informaciones interesantes. Diego se acercó a él e hizo ademán de hablarle por señas. A su vez, Bernardo agitó sus dedos y dibujó rápidamente una Z en el hueco de su mano.

Capítulo 9

¡Que lo cuelguen!

U N lancero soñoliento hacía lentamente su ronda alrededor del muro exterior del cuartel. Cuando hubo pasado, una silueta vestida de negro, enmascarada, emergió de la sombra de un árbol y avanzó hacia el muro. El hombre dio un salto, se aferró con sus manos al borde y luego se alzó hasta que logró pasar al otro lado.

Cayó con un ruido sordo y se deslizó a lo largo del muro. El lancero oyó de repente pasos furtivos detrás de sí. Cuando se volvió, era demasiado tarde. La empuñadura de una espada lo golpeó rudamente en la cabeza y se desplomó. Después de arrastrarlo por el corredor tenebroso, el desconocido le quitó el pesado manojo de llaves que llevaba a la cintura.

Unos instantes más tarde, doña Luisa y su hija vieron aparecer la alta silueta negra ante su celda.

—¡El Zorro! —murmuró Elena corriendo hacia la reja.

El hombre probó una llave, pero no iba; lo intentó con otra, esta vez también sin éxito. El manojo tenía casi quince llaves, y el hombre del antifaz seguía intentando encontrar la buena, cuando un soldado, que hacía su ronda en el patio, se asombró de no ver al lancero ante el cuartel. Echó un vistazo en el corredor y distinguió los pies del guardia abatido. En seguida advirtió la silueta ante los calabozos.

—¡Alerta! ¡Alerta! —gritó el soldado.

El hombre enmascarado podría haber escapado saltando el muro, como ya había hecho, pero intentó desesperadamente encontrar la llave buena. Cuando renunció a ello para empuñar su espada, una docena de soldados se precipitaron sobre él.

—¡Dios lo proteja, señor Zorro! —exclamó doña Luisa.

En el último momento intentó trepar al tejado de los calabozos; los lanceros le aferraron por las piernas, le hicieron caer al suelo y le aplastaron bajo su peso.

—¡El Zorro es nuestro! ¡Le hemos atrapado!

Acudieron Monasterio y García.

—¡Levántenlo! ¡Yo mismo le arrancaré su antifaz! —gritó el comandante.

Durante unos instantes él mostró su regocijo, mientras los lanceros ponían de nuevo al hombre en pie. Luego cortó con su espada el cordón que sostenía el antifaz. Fue revelada la identidad del Zorro.

El padre Felipe y Diego, que acababan de abandonar la posada, habían sido atraídos por los gritos. Entraron en el patio, seguidos por un grupo de curiosos.

—¡Es increíble! —exclamó el cura—. ¡Jamás habría sospechado de Benito!

—¡Benito es el Zorro! —repetía la gente.

—¿Ese vaquero enamorado? —refunfuñó Monasterio—. ¡Imbéciles! ¡Ése no es el Zorro! ¡Sólo es un pobre idiota que ha intentado liberar a Elena Torres! De todos modos, voy a hacerlo detener. ¡Vamos, García, haga preparar la horca en la puerta de la villa!

El padre Juan —asistente del padre Felipe— ayudó a Benito a montar en una carreta de cuatro ruedas. Cargado de pesadas cadenas, el desdichado apenas podía moverse. En su precipitación, los soldados habían enganchado el primer caballo que cayó en sus manos, y el azar quiso que fuese justamente *Ratón,* el buen caballo viejo de Diego. García ya estaba en la carreta, sosteniendo un cabo de la cuerda cuyo otro extremo estaba atado a una viga transversal de la puerta. Unos faroles iluminaban este siniestro cuadro.

Una vez en la carreta, el padre Juan se arrodilló, y lo mismo hizo Benito. La capucha del sacerdote había caído sobre su rostro y lo ocultaba casi enteramente.

—¡Basta de rezos! —soltó rudamente Monasterio—. ¡Que le pongan la cuerda al cuello!

El padre Juan y Benito se incorporaron. García pasó el nudo corredizo alrededor del cuello del condenado.

—¿Podría morir con las manos libres? —preguntó Benito.

Monasterio vaciló un instante y luego dio la orden de quitarle las cadenas al condenado.

—¡Y ahora, atención! —le dijo a García—. Cuando baje la espada, azote al caballo para que tire del coche. ¡Atención a la señal!

Levantó su espada. García se inclinó hacia delante para tomar las riendas.

Y de repente los hechos se precipitaron. El padre Juan dio un formidable puntapié en el trasero de García, que cayó rodando de la carreta. Luego el sacerdote se quitó su hábito y la capucha que le velaba la cara.

¡No era el padre Juan, era el Zorro!

De una cuchillada, cortó la cuerda por encima de la cabeza de Benito. Éste empuñó las riendas, las hizo sonar sobre la grupa de *Ratón* y soltó un grito para estimular al caballo. El coche se ponía en movimiento cuando Monasterio lo alcanzó e intentó golpear al Zorro con su espada.

Pero el golpe estaba mal dirigido. El Zorro lo frenó fácilmente e hizo volar el arma de la mano de su adversario. Luego, con la punta de su espada, pinchó en el flanco al caballo del comandante. El animal enloqueció, se puso a girar en redondo y, por sus saltos desordenados, dispersó a los soldados que acudían.

Benito azotó a *Ratón,* que se precipitó hacia la carretera. Antes de que el comandante hubiese podido recuperar su montura y reagrupar a sus lanceros, los fugitivos habían desaparecido en la oscuridad.

Pero no podían ir muy rápido en este vehículo rústico que traqueteaba peligrosamente en los carriles. Benito pudo evitar la caída por los pelos e inmovilizó a *Ratón.* Los dos hombres saltaron a tierra. El Zorro cortó las riendas de una cuchillada.

—¡Coja el caballo! —le dijo a Benito.

—¿Y usted? ¿Qué va a hacer?

—No se preocupe por mí. ¡Váyase!

El Zorro se sumió en la sombra. Con toda prisa, llegó al pueblo por un camino escondido y se reunió con Bernardo, que lo esperaba detrás de la iglesia. Se quitó la capa negra, el antifaz, el sombrero, y se puso sus ropas habituales.

Unos instantes más tarde, el elegante don Diego de la Vega vagaba por la plaza, como si no se hubiese movido de allí esa noche. Pronto se encontró con el padre Felipe.

—Pues bien, no podemos hacer otra cosa por esta noche —dijo Diego—. ¡Ah, ese Zorro! ¡Qué miedo he tenido al verlo aparecer de pronto con su hábito de monje!

—¡A mí me ha parecido más bien agradable! —respondió el cura suspirando—. ¿Sabe que no me he dejado engañar mucho tiempo? Durante unos segundos creí, como todo el mundo, que era el padre Juan. Luego recordé que se había ido del pueblo al comenzar la noche.

—Yo me lo he creído hasta el último momento, como ese valiente comandante —dijo Diego—. Naturalmente no sabía que el padre se había ido...

Era una pequeña mentira, pero Diego no podía hacer otra cosa, so pena de traicionar la identidad del Zorro. Y no quería obligar al buen padre Felipe a compartir su peligroso secreto.

Los lanceros y el comandante volvieron una hora más tarde, habiendo abandonado la persecución. Se cruzaron con el padre Felipe y con Diego. Monasterio lanzó una mirada penetrante al joven; luego fue a reunirse con García, a quien había dejado montando guardia ante el cuartel.

—¿Dónde se encontraba Diego de la Vega cuando apareció el Zorro? —le preguntó.

García no se acordaba de nada. Pero para no disgustar al comandante, juzgó preferible afirmar que Diego estaba en la plaza.

Monasterio se dirigía hacia el cuartel cuando Diego lo llamó y lo alcanzó corriendo.

—¡El Zorro me ha robado mi caballo! —le dijo.

—Es su propio vaquero quien se lo ha robado —replicó el comandante—. ¿De qué se queja?

—¡Pero así no puedo volver a mi casa!

Monasterio iba a alejarse cuando sus ojos se fijaron en el caballo del cabo Ortega, un animal espantadizo y difícil de montar. Con el dedo se lo señaló a Diego.

—¡Ahí tiene! —dijo—. Llévese ése.

Diego avanzó hacia el caballo y lo sujetó por la brida. El gran alazán se asustó, comenzó a agitarse. Diego se las arregló para torcerle el freno en la boca, lo que puso al animal aún más nervioso. Luego puso el

pie en el estribo e hizo ademán de montar. En un instante, soltaba todo y rodaba por el polvo.

Los soldados estallaron de risa. Monasterio contempló al joven con actitud divertida mezclada de desprecio.

—Denle el caballo de García —dijo—. Es casi tan imbécil como su amo.

Y cuando Monasterio volvió a su casa, sonreía ante la idea de que, por un instante, ¡hubiese podido sospechar que ese payaso de Diego era el temible Zorro!

Capítulo 10

El compló

AL día siguiente, cuando Monasterio y Pina se encontraban reunidos en el confortable despacho del comandante, un soldado llegó para anunciar la visita de don Alejandro, que deseaba ver a las dos prisioneras. Monasterio, sabiendo que el viejo era un personaje muy influyente, dio pronto su autorización.

Las dos mujeres habían sido trasladadas a la última celda, en el extremo del patio, que sólo estaba separada de las caballerizas por un delgado tabique. Viéndolas en esa triste y humillante situación, el viejo ranchero se puso rojo de cólera.

—¡Ese cerdo del comandante! —refunfuñó—. ¡Nos lo pagará!

—¡Pero si estamos muy bien! —se apresuró a decir doña Luisa—. Cuando mi marido haya hablado con el gobernador...

—¡Mientras espera, las encierra aquí! ¡En esta pocilga! He decidido...

El viejo echó un vistazo al centinela de la entrada del patio y luego continuó, bajando la voz:

—Esta misma noche reuniré en mi casa a todos los rancheros de los alrededores. ¡Les pediré que me ayuden a acabar con esta situación! Les pediré...

Y don Alejandro siguió hablando, sin sospechar que, por orden de Monasterio, el cabo Sánchez se había acercado a la caballeriza vecina. Con la oreja pegada al tabique, oyó todo.

Llegada la noche, los principales rancheros de los alrededores se reunieron en el rancho de la Vega: don Antonio, don Pablo, don Alonso, don Alfredo y otros más. La discusión se encauzó definiendo un plan de ataque.

Oculto tras una ventana, el cabo Sánchez los escuchó hablar. Cuando consideró que sabía bastante, se alejó sin ruido.

La ratonera estaba lista. Habían retirado a los guardas de la verja que cercaba el cuartel e, igual que los demás soldados, estaban ahora disimulados en la sombra, alrededor del patio. En efecto, Monasterio había decidido no atacar a los rancheros cuando apareciesen en la plaza. Los dejarían acercarse, pero, en cuanto intentaran forzar la puerta, daría la orden a sus soldados de hacerlos polvo.

Ahora el comandante esperaba, oculto en un rincón oscuro del patio. De repente, oyó detrás de sí un leve ruido. Se volvió de un salto y advirtió la alta silueta del Zorro que marchaba por el tejado de la caballeriza y luego saltaba sobre un coche.

Monasterio no se movió. ¡Que el Zorro baje, pues! Seis soldados estaban ocultos en la caballeriza; muchos otros en las celdas vecinas.

Pero el Zorro parecía sospechar algo. Se acuclilló sobre el techo del coche y miró a su alrededor. Por fin, lentamente, como si temiese una trampa, se dejó deslizar hasta el suelo.

Monasterio desenvainó su espada y se abalanzó hacia él llamando a los soldados en su ayuda.

—¡El Zorro está aquí! —gritó.

Los soldados salieron de la caballeriza y de las celdas. Antes de que hubiesen podido blandir sus sables, el Zorro les obligó a retroceder mediante algunas estocadas precisas.

—¡Imbéciles! ¡Idiotas! —gritó el comandante—. ¡Rodéenlo!

Y entró en combate con el Zorro.

Con un golpe rápido como un relámpago, el Zorro le hirió en el brazo izquierdo, le obligó a retroceder y luego, bruscamente, antes de que el comandante pudiese adivinar su intención, dio media vuelta y se precipitó

hacia el coche. Saltó sobre la rueda, y de ahí al techo, en el mismo momento en que una lanza se clavaba en la portezuela.

Monasterio sacó su pistola. Ya el Zorro había alcanzado el tejado de la caballeriza y corría hacia la muralla. El comandante hizo fuego, pero falló. Una risa burlona resonó en la noche y el Zorro desapareció del otro lado del muro.

García acudió jadeante.

—¿Hay que perseguirlo a caballo, comandante?

—Sí. Pero vaya sólo con la mitad de los lanceros. Finja solamente que lo persigue.

Unos instantes más tarde, García salía a la cabeza de sus lanceros. Esta vez no fue difícil encontrar al Zorro, pues éste esperaba a las puertas de la villa. Se contentó con mantener un poco de ventaja sobre los soldados, y de vez en cuando se volvía para insultar a García. Era evidente que buscaba arrastrarlos.

Por más furioso que estuviese García, recordó las órdenes recibidas y mantuvo una distancia prudente.

Durante ese tiempo, Monasterio había modificado ligeramente sus planes. Dejó abierta la verja del cuartel y ocultó a sus lanceros alrededor de la plaza. Cuando los conspiradores llegasen, los dejaría entrar en el patio, luego bloquearía la puerta y los haría detener.

Don Alejandro y sus compañeros no sospechaban nada. Una vez en la villa, los rancheros dejaron sus caballos a sus vaqueros; luego, en grupos, se internaron en las calles sombrías. No había soldados a la vista. La plaza estaba desierta, la puerta del cuartel bien abierta. Todo estaba tan calmo que don Alejandro presintió la trampa.

—Espérenme aquí —dijo a sus compañeros.

Acababa de entrar en el patio cuando de repente un gran semental negro llegó al galope.

—¡Rápido! ¡Huyan! —gritó el Zorro.

Todos los rancheros lograron escaparse y montaron en sus caballos. Sólo el viejo Alejandro fue pillado en la trampa dentro del patio. El semental negro voló hacia él, dispersando a los soldados que acudían. El Zorro saltó a tierra junto a su padre.

—¡Fuera! —ordenó a *Tornado* golpeándole la grupa.

El caballo obedeció. Se precipitó fuera del patio, luego pasó la puerta de la villa en el mismo momento en que García volvía con sus lanceros. Furioso por verse cerrar el paso, *Tornado* se encabritó, dio coces, desmontó a dos lanceros y se hundió al fin en las tinieblas.

En el patio del cuartel, don Alejandro y el Zorro estaban rodeados de cerca por los soldados. A causa de su edad, a don Alejandro le costaba defenderse. El Zorro combatía como un demonio. Hizo caer a dos soldados, hiriendo a uno en el hombro, y luego se acercó a su padre.

—¡Suba al coche! —le dijo—. ¡De ahí pase al techo y salte el muro...!

El viejo se alzó penosamente hasta el techo del coche. Un soldado lo advirtió, levantó su mosquete, pero el Zorro le atravesó la mano con su hoja y lo obligó a soltar el arma.

Luego, como Monasterio atacaba furiosamente, el Zorro le hizo saltar la espada de las manos. Obligó al

comandante a retroceder hasta la caballeriza, le apoyó la punta de su espada en la garganta y se volvió hacia los soldados:

—¡Retrocedan hasta la puerta! —les ordenó—. ¡Retrocedan, o es hombre muerto!

—¡Me importa un bledo! —masculló un soldado insolente.

Pero García no era de la misma opinión.

—¡Obedezcan! —dijo a sus hombres—. Si no, matará al comandante.

—¡Es usted sensato, García! —dijo el Zorro, mientras los soldados comenzaban a retroceder hacia la puerta.

Luego alzó los ojos. Don Alejandro había conseguido alcanzar el techo; ahora se arrastraba hacia la muralla.

El Zorro retrocedió un paso.

—¡Túmbese en el suelo, cerdo! —le ordenó a Monasterio—. ¡Deprisa!

El comandante tuvo que obedecer y se tumbó cuan largo era. En seguida, el Zorro se acercó al coche. Saltó al cubo de la rueda, luego al asiento del cochero y desde allí alcanzó el techo. Cuando se hubo reunido con su padre, le tomó del brazo y le arrastró hasta la parte alta del muro.

De repente un disparo restalló en la noche y don Alejandro se desplomó. El Zorro le incorporó, le alzó hasta el remate del muro y le dejó deslizarse hacia el otro lado. Luego se volvió y advirtió a Monasterio, de pie sobre el techo del coche, con una pistola en la mano.

El Zorro saltó a su vez y cayó junto a su padre. El viejo intentaba volver a ponerse en pie.

—¡Huya, Zorro! —murmuró—. Soy viejo y estoy herido... ¡Déjeme! ¡Escape!

El Zorro le ayudó a reincorporarse. Soltó un silbido estridente y *Tornado* surgió de la oscuridad.

—Voy a llevarlo montado detrás de mí —dijo el joven—. ¡Sujétese bien!

Cuando los lanceros aparecieron en el ángulo del muro, el Zorro y don Alejandro se perdían en la noche.

Durante un momento, *Tornado* pareció distanciarse de los lanceros, pero pronto comenzó a cansarse bajo la doble carga y perdió su ventaja.

—¡Agárrese bien! —gritó el Zorro a su padre—. ¡Cortaré camino a través del bosque!

Impulsó a fondo a *Tornado,* ganó algún terreno sobre sus perseguidores y de repente torció por una senda secreta de los indios. En cuanto estuvo al abrigo de los árboles, se detuvo. Esperó que los lanceros pasasen y luego continuó su camino, poco más de un kilómetro, a través de las colinas boscosas. Por fin puso pie en tierra, ayudó a bajar a su padre y lo tendió suavemente sobre la hierba.

Aún se encontraba lejos del rancho de la Vega. Por otra parte, no podía volver allí, porque la casa estaría seguramente vigilada. Pero tampoco quería internarse en las montañas, porque don Alejandro necesitaba atención.

Esa noche, los lanceros habían fracasado en atraparlo. Le habían perseguido tan a menudo que debían de comenzar a conocer sus ardides. Sabiendo que transportaba a un hombre herido, no abandonarían la persecución, de ello Zorro estaba seguro. Tenían pocas oportunidades de descubrirlo en la oscuridad, pero al alba, cuando volvieran atrás, sin ninguna duda encontrarían el sitio por donde él había torcido.

Don Alejandro estaba desmayado. Zorro lo cargó sobre sus espaldas y se internó en el espeso bosquecillo, seguido por *Tornado*. A toda costa debía esforzarse por alcanzar la caverna antes del amanecer.

Capítulo 11

En el rancho de don Alejandro

AL amanecer, el Zorro se detuvo junto a una fuente oculta en un barranco y examinó la herida de su padre. Don Alejandro ya había recobrado el conocimiento, y el Zorro estimó que tenía oportunidad de mejorar si recibía rápidamente atención. Pero la caverna aún estaba un poco lejos. Había que andar rápido.

El Zorro se ocultó detrás de los árboles para quitarse la camisa, que desgarró en largas tiras. Después de ponerse otra vez su traje negro, lavó bien y vendó la herida del viejo.

De repente, Zorro vio que *Tornado* volvía la cabeza y paraba las orejas, mirando hacia el lado de donde habían venido. Unos instantes más tarde oyó a los lanceros.

El Zorro volvió a llevar a su padre en las espaldas y se escondió entre las zarzas.

—¡Se lo suplico, déjeme! —murmuró don Alejandro—. ¡Váyase!

El Zorro depositó a su padre sobre la hierba. Luego corrió hacia *Tornado* y lo orientó hacia la parte baja de la colina.

—¡Vuelve a la caverna, *Tornado!* —le dijo en voz baja.

Tornado vaciló. Zorro le dio entonces una palmada en la grupa, gritando muy fuerte:

—¡Sosténgase bien, Alejandro! ¡Al galope!

El caballo se lanzó hacia la parte baja de la colina, en medio de un gran estrépito de ramas rotas.

—¡Huyen! —gritó un soldado.

—¿Usted los ve? —preguntó Monasterio.

—¡Los he oído hablar justo antes de irse! —afirmó García—. He visto el caballo por ahí abajo...

Seguramente, García no había hecho más que entrever fugazmente a *Tornado* en el bosquecillo, y no había reparado en que no llevaba jinete.

—¡Persigámoslos! —ordenó Monasterio.

El Zorro cargó de nuevo a su padre sobre sus espaldas y se dirigió hacia la caverna.

Llegó allí veinte minutos más tarde. Después de haber extendido al viejo sobre un colchón de heno, se internó en el túnel para ir a buscar a Bernardo, quien era un experto en el arte de cuidar las heridas. A toda prisa, se despojó de su traje negro y luego pulsó el panel secreto.

Su habitación estaba vacía. El Zorro se disponía a ir a la habitación de Bernardo cuando oyó en el patio gritos y ruidos de cascos. Se acercó a la ventana y distinguió a Monasterio y sus lanceros.

—¡Registren la casa! —ordenó el comandante.

Monasterio entró en el corredor de la parte baja, donde encontró a Juana, el ama de llaves.

—¿Dónde está tu amo? —gritó.

—Salió anoche y aún no ha vuelto...

—¿Y don Diego?

—En su habitación... Todavía duerme...

—¡Pues bien, nosotros vamos a hacerle cambiar ese hábito! —gruñó el comandante—. García, llévese a dos hombres y registre las habitaciones de arriba. Usted,

Ortega, ocúpese de las caballerizas y de las otras dependencias.

Diego se quitó rápidamente las botas, las escondió bajo la cama y luego se puso una bata. En el mismo momento en que los soldados empujaban su puerta, comprobó con espanto que el panel secreto no se había cerrado del todo.

El sargento García, el cabo Delgado y un lancero llamado Alvarado entraron en la habitación y miraron a su alrededor.

—Registren los otros cuartos —dijo García—. Yo los espero aquí.

Diego fingió sorpresa.

—Pero, ¿qué ocurre, sargento? —preguntó.

—Lo lamento, don Diego, pero buscamos a su pa-

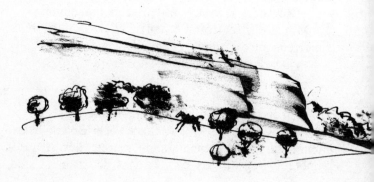

dre. Anoche él intentó liberar a las prisioneras. ¿Dónde está ahora?

—¡Oh, mi pobre padre! —gimió Diego—. ¡Y eso que yo le había aconsejado que no fuese!

—¡Y ahora está herido, tal vez muerto! —dijo García—. Hubo un momento, yo lo llegué a ver con el Zorro, en que iba a caballo a través del bosque. Pero se nos han escapado.

—¿Cómo así? —preguntó Diego.

—Hemos perseguido a ese maldito caballo negro, pero cuando lo encontramos, muy cerca de su casa, ya no iba nadie montado en él. Después de todo, tal vez es verdad que el Zorro es capaz de desvanecerse en los aires, como dice la gente.

—¿Han atrapado a ese caballo?

—No, no íbamos a perder nuestro tiempo corriendo tras él. Hemos preferido venir inmediatamente aquí, porque pensábamos encontrar a su padre y al Zorro.

—Siéntese, pues, sargento García —dijo Diego—. Debe de estar cansado después de esa larga persecución.

García se dejó caer en un confortable sillón y soltó un suspiro profundo. Pero un momento después, cuando la puerta se abrió, saltó poniéndose en pie. Sólo era Bernardo.

—¡Oh, creí que era el comandante! —dijo el sargento sentándose de nuevo.

Bernardo torció los ojos con espanto al ver el panel entreabierto. Inmediatamente, fue a buscar un par de botas de su amo a un rincón del cuarto y luego hizo ademán de quitarles el polvo acercándose a la chimenea. Con la mirada, le pidió a Diego que distrajera la atención de García.

—¿Ha visto alguna vez una pintura como ésta, sargento García? —preguntó Diego mostrándole un cuadro en el otro extremo de la habitación.

García volvió un instante la cabeza.

—No, nunca —farfulló.

En el mismo instante, Bernardo dejó caer las botas. Se agachó para recogerlas y, al hacerlo, apoyó su cadera en el panel, que se cerró sin ruido. ¡Justo a tiempo! Monasterio entraba en la habitación.

García se irguió con tal precipitación que acabó tropezando con su espada. Sin ocuparse de él, el comandante se dirigió a Diego.

—¿Y usted? —le preguntó rudamente—. ¿Qué hacía anoche, mientras su padre y algunos otros tramaban sus planes de traición en esta casa?

—¿Traición? —balbució Diego—. ¡Yo no sabía que se trataba de una traición...! Les oí decir algo a propósito del cuartel, y le aconsejé a mi padre que no se metiera en líos. Es lo único que yo sé, esos señores me mantuvieron al margen...

—¿Por qué no me lo advirtió?

—¡Porque no sabía lo que pasaba!

El cabo Delgado y Alvarado entraron en el cuarto.

—No lo hemos encontrado, comandante —anunciaron.

Monasterio alzó los hombros y después se volvió hacia Diego.

—¿Hay escondrijos en esta casa? —le preguntó.

—¡Oh, no, comandante! —respondió Diego adoptando una actitud de asombro.

—¡Aunque los hubiese, supongo que no lo sabría!

Bruscamente, Monasterio se agachó para mirar bajo la cama.

—¿Pone siempre sus botas sucias bajo la cama?

—Mi servidor es negligente —explicó Diego—. Creo que estas botas están allí desde la semana pasada...

Lanzó una mirada a Bernardo y luego, subrepticiamente, entreabrió el cajón de su escritorio y apoyó su mano sobre una pistola cargada.

Si Monasterio retiraba esas botas, vería que estaban cubiertas de barro fresco. El comandante no era tonto: ¡lo comprendía todo! Diego aprontó el gatillo de la pistola.

Pero Monasterio se incorporó.

—¡Basta de palabras! —dijo—. García, quédese aquí con Delgado y Alvarado. Vigilen a don Diego. Si no encuentro al traidor de su padre, lo detendré para castigarlo por no haberme advertido de lo que aquí se tramaba.

Desde el balcón de su cuarto, Diego vio partir al comandante a la cabeza de sus lanceros. Sin ninguna duda, iban a volver al sitio donde habían visto por última vez a *Tornado* y, desde allí, intentarían descubrir la pista de los fugitivos.

Diego fue a descolgar su guitarra de la pared.

—¡Descansen! —dijo a sus tres guardianes—. Ahora que soy prisionero, me siento con humor como para cantar canciones tristes... ¡Escuchen ésta, pues.

Y, acompañándose con su guitarra, se puso a cantar:

Esta es la historia de un viejo puma
Al que un coyote malvado atacó...

Lanzó una mirada a Bernardo, que estaba atónito, y continuó:

...Pero acertó a pasar un zorro,
Tuvo piedad del viejo puma,
Y en su caverna le dio socorro.
Lo hizo beber y lo curó...

De nuevo miró a Bernardo, quien, esta vez, hizo una señal imperceptible para mostrar que había comprendido. Diego continuó cantando durante algunos minutos y al fin se interrumpió para decir:

—Bajemos a la gran sala de la planta baja, ¿qué les parece? Juana nos servirá vino y allí estaremos mucho mejor.

—Nosotros debemos vigilarlo —replicó García—. El comandante...

—¡Pues claro! ¡Vigílenme! ¿Soy tan peligroso que hace falta vigilarme empuñando la espada?

—¡Oh, no! —dijo García riendo.

Diego los trató a cuerpo de rey. Se instalaron en unos sillones, Juana les llevó algunas botellas y se pusieron a beber. Al cabo de un momento, García permitió incluso a Diego que fuese a buscar otras botellas a la bodega. No sentía ninguna inquietud. Este buen chico no intentaría escaparse, de eso estaba seguro.

Cuando Bernardo apareció en la sala, un poco más tarde, los soldados no le prestaron ninguna atención.

Bernardo señaló con el dedo el retrato de don Alejandro y meneó tristemente la cabeza.

—Voy a buscar más vino —dijo Diego a los soldados.

Le indicó a Bernardo que lo siguiera. Una vez en la cocina, Bernardo señaló la bodega y luego apartó las manos en un gesto que significaba: «No lo sé».

—¿Quieres decir que no puedes cuidarlo? —murmuró Diego.

Esta vez Bernardo extendió sus manos en línea recta delante de él.

—¿Ya no está en la caverna?

El servidor inclinó la cabeza.

—¿Y *Tornado*? ¿Está allí abajo?

Bernardo asintió con un gesto.

Diego adivinó que los soldados no habían encontrado a su padre; si no, habrían descubierto al mismo tiempo la existencia del subterráneo y lo habrían seguido hasta la casa. Pero entonces, ¿dónde estaba el viejo?

Bajó a la bodega con Bernardo. Ambos llenaron unas cestas con las mejores botellas que encontraron y las llevaron a los soldados.

—¡A la salud de ustedes! —les dijo alegremente Diego.

Luego le preguntó a García:

—¿Podría ir a descansar un momento a mi habitación? He pasado en vela una buena parte de la noche escribiendo poemas...

—¡Pero cómo no! —respondió García blandiendo una botella—. Le tengo confianza. Pero es necesario que vuelva a bajar antes de que regrese el comandante, ¿de acuerdo?

—¡Prometido! —dijo Diego dirigiéndose a la escalera.

Capítulo 12

Un duelo con lanzas

POR el subterráneo, de nuevo convertido en el Zorro, Diego llegó a la caverna y, montando a *Tornado,* se lanzó en busca de su padre.

El viejo había visto entrar *a Tornado* en la caverna, a través de las zarzas y, en su delirio febril, había decidido salir de ese lugar desconocido para ir a combatir a sus enemigos. A duras penas había atravesado la espesura de las zarzas y había bajado casi hasta la carretera. Allí se había desplomado, espada en mano.

Cuando oyó acercarse a los soldados, intentó reincorporarse y blandió su espada gritando con una voz ahogada:

—¡Cobardes! ¡Cobardes...!

Monasterio levantó la mano para detener a sus lanceros.

—¿De dónde viene ese grito? —preguntó.

Un soldado distinguió a don Alejandro en el bosquecillo.

—¡Un hombre, comandante! ¡Allí abajo! ¡Tumbado en el suelo!

Todos se acercaron. A costa de un terrible esfuerzo, don Alejandro se irguió sobre una rodilla para hacerles frente. Monasterio estalló de risa.

—¡Vaya! —dijo—. ¡Es el cerdo que intentó sublevar a los rancheros contra mí! ¡Mírenlo ahora!

Los soldados contemplaron con simpatía al valeroso anciano, pero permanecieron silenciosos.

—¿Saben cómo se hace marchar a los cerdos? —les preguntó el comandante—. Yo les mostraré cómo. ¡Déjenme hacerlo!

Pero en el momento en que iba a azuzar con su lanza al pobre hombre, apareció el Zorro y arremetió contra él.

—¡Monasterio! —gritó.

Instantáneamente, el comandante volvió grupas para enfrentar el ataque. Los dos hombres se abalanzaron uno sobre otro, con la lanza extendida, como caballeros de otros tiempos. El Zorro hizo volar de lado el arma de su adversario, pero su propia lanza se desvió igualmente por el choque y sólo llegó a desgarrar la manga de Monasterio.

Ambos caballos se rozaron; luego los dos caballeros volvieron atrás para un segundo asalto. Esta vez, el Zorro actuó más hábilmente: levantó la lanza del comandante, bajó bruscamente la suya y alcanzó así a Monasterio en el hombro. Desmontado por el golpe, el comandante rodó por tierra.

Algunos soldados se pusieron a reír para sus adentros.

El Zorro proyectó su lanza sobre el adversario abatido, hizo dar media vuelta a *Tornado* y se acercó a su padre. Se inclinó, lo tomó de la mano, lo alzó hasta la grupa detrás de él, y se alejó al instante a todo galope.

La caverna estaba demasiado próxima como para poder dirigirse directamente a ella sin correr el riesgo de que lo siguieran. Sólo podía huir, pues, por la carretera. Corría colina abajo cuando oyó a Monasterio gritar, aunque menos fuerte que de costumbre:

—¡Atrápenlo! ¡Quinientos pesos de recompensa a quien lo mate!

El Zorro se adelantó hacia la carretera. Había conseguido ganar un poco de terreno a sus perseguidores cuando, de repente, distinguió delante de sí a un coche escoltado por unos diez lanceros.

Con su padre herido en la grupa, el Zorro no podía pensar en torcer a la derecha, en terreno descubierto.

Le resultaba igualmente imposible internarse a caballo en el tupido bosque que se extendía a su izquierda.

Había caído en la ratonera.

Al advertir delante de sí el coche y los soldados, el Zorro había disminuido su marcha. De repente, lanzó su caballo a todo galope. Le quedaba tal vez una pequeña oportunidad de deslizarse entre los lanceros y de alcanzar un sendero que se adentraba en las colinas.

Tornado corría como una flecha. El Zorro le hizo abandonar de repente la carretera y prosiguió su loca carrera a través de las zarzas. El coche se había detenido y de él se apeaba un hombre. Un oficial, sin duda, pensó el Zorro. De un momento a otro, los lanceros iban a intentar cerrarle el camino.

Pero el Zorro se equivocaba. Los soldados no se movieron. Miraron pasar al semental negro junto a ellos y no hicieron el menor intento de detenerlo.

El hombre que había bajado del coche gritó:

—¡Zorro! ¡Quiero hablarle! ¡Espere!

El Zorro no redujo la marcha, aunque la voz le pareció familiar. De nuevo el hombre le llamó:

—¡Zorro! ¡Espere! ¡Soy yo, don Nacho!

Esta vez frenó a *Tornado* de golpe. ¡Por Dios, era don Nacho! Vigilando de reojo a sus perseguidores, que aparecían a lo lejos, el joven volvió hacia el coche. Observó entonces que los lanceros que lo escoltaban no eran hombres de Monasterio.

—¡Zorro! Estoy tan contento... —comenzó a decir don Nacho.

Luego advirtió a don Alejandro.

—Pero, ¿qué le ha ocurrido? —preguntó.

En el mismo instante, vio a los lanceros que llegaban y comprendió. Su rostro palideció de rabia. Sostuvo a don Alejandro, que bajaba del caballo.

—Yo me ocuparé de él, Zorro —dijo—. ¡No tema!

Un lugarteniente saltó a tierra y ayudó a don Torres a alzar al herido hasta el coche.

—Es el lugarteniente Espinosa —explicó rápidamente don Nacho a Zorro—. Se ha puesto directamente bajo las órdenes del gobernador, en Monterrey, y vela por mi seguridad.

El lugarteniente volvió hacia su caballo y saltó a la montura justo en el momento en que Monasterio llegaba con sus soldados. El comandante parecía bastante afectado por su caída, pero sus ojos brillaron de contento cuando distinguió a los tres hombres que buscaba.

—Buen trabajo, lugarteniente —le dijo a Espinosa—. Yo me encargo de estos tres prisioneros. Usted y sus soldados se ponen desde ahora bajo mis órdenes.

El Zorro había empuñado su espada y hacía frente a Monasterio. Pero Espinosa hizo avanzar su caballo entre ellos dos. Era un hombre joven, de rostro severo.

—¡Nada de combate! —dijo secamente.

Los lanceros de Monasterio cambiaron miradas irónicas.

—El señor Torres está bajo la protección del gobernador —repuso Espinosa—. Ha recibido la seguridad de que será juzgado de modo ecuánime. Ha pedido que llevemos a este otro señor en el coche, y así será.

—¿Usted, un simple lugarteniente, se opone a mis órdenes? —rugió Monasterio.

—Yo sólo recibo órdenes del gobernador —replicó Espinosa con un tono glacial.

—¿Así que el gobernador protege a todos los traidores y bandidos, incluido este Zorro? —preguntó sarcásticamente Monasterio.

—No he recibido órdenes con respecto al Zorro —respondió el lugarteniente con una leve sonrisa—.

Pero por lo que he sabido de él, lo creo muy capaz de protegerse solo.

El Zorro saludó a Espinosa con la espada y de repente se escapó a rienda suelta, tomando al comandante de sorpresa.

En el momento en que Diego entraba en su cuarto por el pasaje secreto, los hombres de Monasterio ponían pie en tierra en el patio del rancho.

Esta vez el joven se aseguró de que el panel quedase bien cerrado; luego se quitó la camisa y las botas y las guardó en el fondo de un armario.

Abajo, en la gran sala, los tres soldados cantaban a grito pelado.

—¡Bebamos a la salud de nuestro valiente comandante! —gritó Delgado.

Hubo fuertes risas. Unos vasos tintinearon. Luego García se puso a cantar:

¡Brindemos por su cabeza diminuta
Y también por su cerebro de ceporro!
¡aunque zumbe siempre como un abejorro.
Él no atrapará nunca jamás al Zorro!

Los soldados reían ruidosamente cuando Diego, poniéndose su bata, bajó sin ruido la escalera y se deslizó en la cocina.

—¡Otra canción, García! ¡Otra! —gritó Delgado.

García lo hizo de buena gana. Continuó:

¡Cuando el comandante va a la guerra,
siempre vuelve en parihuelas!
Si fuese un poco más astuto
Él...

La canción se cortó de golpe. Durante un instante, un silencio de muerte reinó en la sala. Luego la voz de Monasterio se elevó, trémula de furor contenido:

—¡Ya lo he oído, pedazos de gorila! ¡Ajá! ¡O sea que se permite hacer canciones sobre mí!

—¡No, no! —balbució García—. Era sobre otro comandante...

—¡Silencio! —bramó Monasterio—. ¿Dónde está Diego?

Ése fue el momento que Diego eligió para salir de la cocina, con una cesta llena de botellas. Dijo alegremente:

—¿Si cantamos ahora la canción de esa chica que...?

Se interrumpió y miró al comandante con aire atónito.

—¿Y eso? —dijo—. ¡No estaba aquí hace un instante, cuando fui a buscar vino!

Se balanceó sobre un pie y sobre otro, e hizo ademán de estar borracho, como los tres soldados.

Monasterio se apartó de él con disgusto.

—¿Ha atrapado a mi padre, comandante? —preguntó Diego—. ¿O bien vuelve para detenerme en su lugar?

—No, no lo he detenido —masculló Monasterio—. ¡Y en lo que a usted concierne, tengo cosas mejores que hacer que ocuparme de un miserable individuo que pasa su tiempo bebiendo cuando su propio padre, por más traidor que sea, está en peligro!

Y con estas palabras vengativas, abandonó el cuarto.

—¡Gracias! ¡Me ha salvado la vida! —murmuró García—. El comandante me habría hecho colgar si hubiese dejado que escapara.

Diego sonrió.

Capítulo 13

La cena del juez Vasca

L padre Felipe parecía preocupado cuando fue a ver a don Nacho y a don Alejandro a su celda.

Las puertas del cuartel permanecían ahora abiertas de par en par. Estaban permitidas las visitas a los presos. Su celda estaba limpia y provista de lo necesario por Diego, doña Luisa y Elena. Las dos mujeres habían sido liberadas inmediatamente después del encarcelamiento de don Nacho y de don Alejandro. ¡Todo era muy extraño!

Los dos hombres charlaban alegremente cuando el padre Felipe entró en la celda.

—¡Pues bien, me alegra verlo de tan buen humor! —exclamó el sacerdote—. ¿Cómo está, don Alejandro?

—¡Estupendamente! —respondió el viejo—. Monasterio nos ha tratado bien: es asombroso, ¿no? El médico ha estado casi todo el tiempo pendiente de mí mientras se me curaba la herida.

—Sí, es más bien sorprendente —dijo el cura—. ¿Y cómo piensa que se desarrollará su proceso mañana?

—El juez Vasca es un hombre honesto —dijo don Nacho—. Si es él quien preside, las falsas acusaciones del comandante se disiparán como nieve al sol. ¿Ya ha llegado?

—No, todavía no —respondió el sacerdote—. Pero sé que estará allí mañana por la mañana.

Como lo había dicho don Nacho, el juez Vasca, primer magistrado de Monterrey, era un hombre íntegro. Era, pues, verosímil que el proceso culminaría en contra de Monasterio. Pero el padre Felipe sabía que el comandante tenía más de una carta en su manga, y se mostraba inquieto.

¡Con razón! En ese mismo momento, el comandante y el abogado Pina preparaban una nueva trampa.

—Si el juez Vasca preside el proceso, tendremos dificultades. Hay que hacer que se retrase para que sea usted quien dicte sentencia...

—¿Y quién va a encargarse de Vasca? —preguntó Pina.

—¡El sargento García se ocupará del asunto!

Un poco más tarde, cuando iba a visitar a su padre, Diego vio a García que, en la plaza, asumía el mando de una patrulla de lanceros.

—¿Vuelve a salir en persecución del Zorro? —le preguntó irónicamente el joven.

—No, esta vez no —respondió García—. Vamos a escoltar al juez Vasca desde San Fernando, donde nos reuniremos con él al atardecer.

Bruscamente, García miró a su alrededor con actitud culpable, como si tuviera miedo de haber hablado demasiado, y luego se alejó deprisa.

Diego y su servidor se dirigieron hacia el cuartel.

—¿Escoltar al juez? —murmuró Diego—. ¡Hum! ¡Es extraño! Escucha, Bernardo: en cuanto haya pasado unos instantes junto a mi padre, volveremos a rienda suelta a la casa. En mi humilde opinión, el juez Vasca no tiene ninguna necesidad de escolta. ¿Comprendes?

Bernardo sonrió y dibujó rápidamente una Z con el dedo.

Las carreteras, llenas de baches por las lluvias, retrasaron al vehículo del juez Vasca, de tal modo que aún no había llegado a la posada del Cisne Negro cuando García y sus seis lanceros lo alcanzaron a la hora del crepúsculo.

Los caballos de algunos viajeros esperaban fuera. García entró en la posada y se sintió feliz al comprobar que no había, entre los consumidores, ningún gran propietario de la región, sino solamente vendedores ambulantes y vaqueros, personas sin importancia.

—¡Este lugar está cerrado por orden del comandante Monasterio! —gritó García—. ¡Terminen de cenar y váyanse de aquí dentro de diez minutos!

Ramón Escobar, el posadero, comenzó a protestar con vehemencia.

—¡Silencio, bola de sebo! —le dijo García—. Se te ha elegido para que prestes servicios al comandante.

—¡Ah, no! ¡Eso sí que no! —chilló Escobar—. ¡Me niego!

Pero García sacó un talego del bolsillo de su guerrera. Hizo sonar las monedas que contenía y se lo arrojó a Escobar, cuyo humor se suavizó inmediatamente.

—¡Es para mí un gran honor prestarle servicios al comandante! —dijo inclinándose.

—¡Me lo imaginaba! —farfulló García.

Arrastró a Escobar a la cocina y le ordenó que preparase una cena pantagruélica.

Cuando el juez Vasca llegó, una hora más tarde, García abrió la puerta de su coche y se inclinó hasta el suelo.

—Excelencia —dijo—, soy el sargento Miguel Demetrio López Velázquez García, enviado por el comandante Monasterio para facilitarle el viaje hasta Los Ángeles.

—Es muy amable de su parte —respondió el juez bajando del coche.

Era un hombre enorme, de ancha cara plácida. Su barriga rechoncha produjo la admiración del grueso García.

—Mientras cambiaban los caballos, ¿no descansaría un instante? —propuso el sargento.

—¡Oh, no quiero demorarme! Debo llegar esta noche a Los Angeles.

—¿No tomará algo de todos modos? —insistió García—. Esta posada es famosa por sus excelentes comidas.

—¡Vaya! ¡Vaya! —dijo el juez interesado—. Pues bien, tomaré algo ligero. Avíseme en cuanto los caballos estén listos.

—¡No dejaré de hacerlo! —aseguró García, lanzando una mirada a sus soldados, que ya habían recibido instrucciones.

El Zorro y Bernardo esperaban, ocultos en la sombra, detrás de la posada. Vieron a los lanceros llevar el coche del juez hasta la caballeriza y desenganchar los caballos. Pero en lugar de reemplazarlos por caballos frescos, volvieron a la posada.

—¡No se atreverán a retener al juez por la fuerza! —dijo el Zorro muy sorprendido—. ¿Cómo lo harán, entonces?

Se internó entre los árboles, fue hacia *Tornado* y recogió la cuerda sujeta a su silla. Unos minutos más tarde trepaba hasta un balcón en la parte trasera de la casa.

Se deslizó en una habitación vacía, abrió la puerta y, por la escalera, pudo echar un vistazo a la sala de la posada.

Todos los lanceros estaban instalados en un rincón

y comían. En la mesa del juez y de García sólo había dos esqueletos de pollo y unas botellas vacías.

—¡Una excelente cena! —declaró el juez—. Esto me mantendrá hasta Los Ángeles. ¡Vamos! ¡En marcha!

Se dispuso a levantarse.

—¡Espere el próximo plato! —dijo precipitadamente García.

Las hijas de Escobar salieron de la cocina. Una llevaba unos pollos, la otra un lechón asado en una fuente. El juez se frotó las manos y empuñó su tenedor.

Transcurrió una media hora. El juez Vasca charlaba de una cosa y de otra, sin parar de comer. García intentaba resistir, pero ya comenzaba a tragar con dificultad. Se aflojó el cinturón.

—¡Vamos! ¡Vamos! —dijo Vasca—. ¡Como el mayor comedor de California del Sur, usted me decepciona!

Sin escuchar sus protestas, le llenó el plato y el pobre García debió continuar. Al cabo de un momento, murmuró con una voz estrangulada:

—Le recuerdo que aún falta un postre, un magnífico postre...

—¡Perfecto! —exclamó el juez.

Se volvió hacia Escobar.

—Antes, tráiganos dos pollos más, uno para el sargento y otro para mí.

—¡Ay, ya no tengo más! —respondió el posadero—. Pero me queda una pierna de cordero que guardaba para mañana...

—¡Tráigala!

García se puso verde. Intentó comer un poco de cordero, pero fue Vasca quien lo terminó.

—¡Y ahora, pasemos al postre! —dijo el juez—. ¡Espero que tenga mucha nata y frutas confitadas!

García aprovechó la ocasión para levantarse.

—Voy a ver si está bien preparado —balbució.

Una vez que estuvo en la cocina, se sostuvo el vientre con las dos manos y miró a Escobar con una expresión desesperada.

—¡Qué ogro! —gimió—. ¡Y yo que confiaba en hacerlo comer tanto que no pudiese continuar su viaje! El comandante quiere tener tiempo para prepararle una buena recepción...

—No sé cómo no ha estallado todavía —observó el posadero—. ¿El comandante desearía, pues, que él pasase aquí la noche?

—Sí. Yo pensaba que después de una buena cena...

—Tal vez habría otro medio —sugirió Escobar con un guiño de ojo—. Poseo cierto polvo que, echado en el vino...

Desde su puesto de observación, en la escalera, Zorro había sido testigo de esa pantagruélica cena. Estaban ahora en el postre. El sargento, que rozaba la indigestión, sólo pudo tragar unos pocos bocados más. Luego dijo que iba a buscar un poco más de vino y se dirigió a paso vacilante hacia la cocina.

El juez acabó el postre solo y se levantó para irse.

—¿Está listo mi coche, sargento? —preguntó.

García avanzaba con un cubilete de vino en la mano.

—Sí, Excelencia —respondió—. Pero antes de irse, beba un poco de este vino. Especialmente preparado por Escobar... Para facilitar la digestión.

—Mi digestión va muy bien. Bébalo usted mismo, García.

—¡Imposible! —dijo García espantado—. ¡Ya estoy lleno como un odre!

Se apresuró a llenar un segundo cubilete y tendió el primero al juez.

—A pesar de todo —repuso—, no me negaría a brindar a la salud del rey...

—¡A la salud del rey! —repitió el juez.

Cogió el cubilete, bebió un trago, hizo chasquear sus labios.

—¡Excelente! —dijo—. Incluso para un vino del sur...

Y vació el cubilete. Pero el brebaje no pareció producir ningún efecto en él. García lanzó una mirada inquieta a Escobar quien, sin embargo, le había asegurado que su droga sumiría al bebedor de inmediato en un profundo sueño.

El juez se dirigía hacia la puerta.

—¡Vamos, García, venga! —le dijo al sargento.

De repente el juez se detuvo. Se llevó una mano a la frente, vaciló, y se dejó caer sobre una silla, que se hundió bajo su peso. El grueso hombre rodó por el suelo, completamente entorpecido.

—¡Rápido! ¡Llevémoslo a una habitación! —gritó García—. ¡Ha bebido demasiado!

A toda prisa, el Zorro subió la escalera, entró en un cuarto y se refugió en el balcón. Unos minutos más tarde, cuatro lanceros y García entraron en ese cuarto llevando al juez, al que extendieron en la cama.

—¿Estamos en camino hacia Los Ángeles? —murmuró el juez.

—¡Sí, sí! —afirmó García.

Tranquilizado, el grueso hombre se abandonó al sueño y se puso a roncar. García ordenó a un soldado que montase guardia en el corredor. Luego todos abandonaron el cuarto y el Zorro los oyó bajando la escalera.

La cuerda atada al balcón se agitó levemente. El Zorro se inclinó y distinguió en la sombra la silueta de Bernardo. Le hizo una seña para que se reuniese con él. Cuando su servidor llegó, el Zorro le dijo en un murmullo:

—Debemos sacarlo de aquí a toda costa. Si no llegamos a tiempo, Monasterio organizará un proceso fraudulento y...

Bernardo se llevó las dos manos al cuello y sacó la lengua.

—Sí —dijo el Zorro—. ¡El comandante hará detener a mi padre y a don Nacho!

Bernardo hizo entonces el gesto de echar unos puñados de polvo en el hueco de su mano.

—¿Le han echado una droga en el vino? —dijo el Zorro—. ¡Me lo figuraba!

El lancero dejado de guardia a la puerta del cuarto se había inclinado sobre la baranda para mirar a sus compañeros que continuaban festejando abajo. A pesar del ruido, oyó unos gruñidos sordos que venían de la habitación. Al principio no les prestó atención, pensando que era el juez que gemía en su sueño; luego, como los gruñidos se volvían cada vez más fuertes, el hombre juzgó prudente echar un vistazo al interior. El juez estaba en la cama. Pero, cosa extraña, ¡parecía roncar y gruñir al mismo tiempo! Intrigado, el soldado se acercó.

De repente recibió un golpe violento en la cabeza y perdió el conocimiento. Los robustos brazos de Bernardo lo sostuvieron y lo depositaron suavemente en el suelo, mientras el Zorro salía desde detrás de la cama e iba a cerrar la puerta.

—Ve a enganchar el coche —dijo Zorro—, y lleva a *Tornado* bajo el balcón. Luego me ayudarás a bajar al juez.

Capítulo 14

El proceso

COMO estaba obligado a pasar delante de la posada para volver a Los Ángeles, Bernardo se alejó primero sin hacer ruido hacia el Norte, luego hizo dar la vuelta al coche y lanzó sus caballos al trote largo.

A pesar del jaleo que reinaba en la sala, los soldados oyeron acercarse al coche. Pero como parecía venir del Norte, no pensaron ni por un instante que podía tratarse del juez, y no se molestaron en saber quién era aquel viajero nocturno.

Sentado en el asiento del cochero, Bernardo soltó un gran suspiro de alivio cuando hubo pasado el mesón. ¡Ah, qué noche! ¡Primero había tenido que sacar al juez Vasca de su cama, lo que no había sido un trabajo leve! ¡Pesaba al menos una tonelada ese hombre! Pero lo peor había sido bajarlo al extremo de una cuerda por el balcón. La balaustrada había estado a punto de resquebrajarse; la silla de *Tornado* se había volcado bajo ese peso enorme. Bernardo y el Zorro habían tenido todas las dificultades del mundo para mantener al juez a plomo mientras *Tornado* se dirigía hacia el coche. ¡Y durante todas esas tribulaciones, el juez no había dejado de roncar!

Al alba, cuando atravesaban un riachuelo, Bernardo detuvo el coche y, por señas, le explicó al Zorro qué había que hacer para despertar al juez.

Uniendo sus esfuerzos, arrastraron al hombretón hasta el borde de una caleta y se dedicaron a salpicarlo con agua helada. Siempre dormido, el juez murmuraba palabras ininteligibles. De repente oyeron, en la lejanía, el fragor de una tropa de caballeros lanzados al galope. Bernardo siguió refrescando al juez, que al fin comenzó a moverse.

El ruido de los cascos se aproximaba.

El Zorro echó agua en la boca del juez.

Éste se ahogó y escupió. Luego abrió un ojo y volvió a cerrarlo.

Bernardo señaló con el dedo un punto en el horizonte. Podían ahora distinguir a los lanceros, en la cima de una colina.

El juez se reincorporó penosamente, pestañeando, con su enorme cuerpo recorrido por estremecimientos.

—¿Qué ocurre, sargento? —farfulló.

El Zorro le indicó a Bernardo que se fuera, porque el juez recobraba la conciencia. El mudo fue a desatar su caballo detrás del coche y se internó en los bosques vecinos. Los lanceros estaban a poco más de un kilómetro.

—¡Vaya! —clamó de repente Vasca—. ¿Usted es el Zorro, ese bandido del que he oído hablar?... ¡Ha intentado raptarme!

—¡He intentado llevarlo a tiempo a Los Angeles para la apertura del proceso! —replicó el Zorro.

Temía ahora que fuese demasiado tarde, porque aún quedaba un largo camino por recorrer.

El juez se puso en pie mientras el Zorro se abalanzaba hacia *Tornado*. Llegaban los lanceros.

—¡Vengo a protegerlo, excelencia! —gritó García.

—¡Pedazo de idiota! —chilló el juez—. ¡Mejor haría en protegerse de mí!

Y cuando el Zorro y Bernardo se escapaban por el bosque, pudieron aún oír al juez que gritaba furiosamente:

—¡Vuelva inmediatamente aquí, García! ¡No se ocupe del Zorro! ¡Tengo dos palabras que decirle!

Monasterio dio la orden de abrir las puertas del tribunal de madrugada, a una hora en que una parte de los habitantes del pueblo aún no había tomado su desayuno. El tribunal era la sala de la posada, convertida para esa circunstancia. Mesas y sillas habían sido dispuestas frente a la puerta de la cocina, oculta por una cortina larga. El escritorio del juez, una simple mesa cubierta con la bandera española, estaba situada justo delante de la cortina.

A pesar de ser sorprendidos a esa hora temprana, los ciudadanos de Los Angeles llegaron en número bastante grande para ocupar los lugares que tenían reservados. Unos soldados vigilaban el ingreso a la posada y alrededor de la sala.

Dos lanceros introdujeron a don Nacho y a don Alejandro y los hicieron sentar en el banquillo de los acusados.

Monasterio esperaba en la cocina, en compañía de Pina, quien se había vestido con una toga negra, demasiado ancha para él. Como de costumbre, el picapleitos estaba nervioso.

—¡Los acusados ya están allí, comandante! —anunció un lancero.

Monasterio descorrió la cortina y entró en la sala. Echó un vistazo a su alrededor para asegurarse de que los soldados estaban en sus puestos.

—¡Levántense para la entrada del juez Pina! —ordenó.

—¿Pina? —gritó don Alejandro—. ¡Ese hombre no es juez!

El alcalde del pueblo, un viejo de pelo blanco, protestó también desde el fondo de la sala.

—¡El proceso no puede comenzar antes de la llegada del juez Vasca! —gritó.

Pina hizo su entrada. Los soldados obligaron a la gente a levantarse.

—En ausencia del juez Vasca —declaró Monasterio—, el abogado Pina presidirá la audiencia, lo que está previsto por la ley. Él tendrá que entender en la acusación de alta traición lanzada contra Nacho Torres y Alejandro de la Vega.

Un fragor de cólera ascendió de la multitud. Don Alejandro se puso de pie.

—¡No quiero ser juzgado por ese lacayo del comandante! —declaró.

Pina carraspeó nerviosamente y dijo luego con voz vacilante:

—Si el juez Vasca llegase en el transcurso de la audiencia, le cederé inmediatamente el puesto. ¡Mientras esperamos, que la justicia siga su curso!

Se volvió hacia los dos acusados.

—¿Cómo se declaran ustedes? —les preguntó—. ¿Culpables o no culpables?

—¡No culpables! —respondieron al unísono.

Monasterio avanzó entonces hacia la mesa del juez.

—Su señoría —dijo—, en mi calidad de comandante de esta villa y del distrito, acuso a estos dos hombres de haber conspirado para derrocar al gobierno, de haber resistido a los soldados del rey, de haber...

Y enumeró una larga lista de los crímenes que habrían cometido los dos acusados.

Don Nacho y don Alejandro no habían previsto la apertura tan temprana del proceso, y esto les ponía en mala situación. Sus testigos no habían llegado todavía. El mismo padre Felipe no estaba allí.

El comandante continuaba hablando, cumpliendo a la vez el papel de fiscal y de juez. Para todo el mundo ya estaba claro que los dos hombres se merecían la horca.

Cuando el alcalde de la villa intentó tomar su defensa, unos soldados lo expulsaron de la sala.

—¿Tienen algo que decir los acusados en su defensa, antes de que se dicte sentencia? —preguntó entonces Pina.

—¿Sentencia? —exclamó don Alejandro—. ¡Pero si ya estamos condenados! ¿De qué nos serviría hablar,

cuando la sentencia ya ha sido dictada por ese miserable comandante que se pretende servidor del rey?

El rostro de Monasterio se ensombreció.

—¿Eso es todo lo que tiene que decir, don Alejandro? —preguntó fríamente.

—¡Deme una espada y le diré más!

El comandante fue a sentarse e hizo una señal con
la cabeza a Pina. Éste vaciló un instante y echó hacia
atrás su silla, como si se dispusiese a levantarse y salir
huyendo.

—No teniendo los acusados ya nada que declarar
—dijo con una voz apagada—, voy a pronunciar el veredicto... Pero tal vez sea necesario suspender la sesión...

—¡No! —dijo Monasterio—. ¡Pronuncie el veredicto
inmediatamente!

Una mujer se puso a sollozar en un rincón de la sala. La atención del público se apartó de Pina y, durante ese breve instante, la punta de una espada atravesó la cortina y dio un pinchazo al picapleitos entre los omóplatos. Pina se sobresaltó e iba a gritar cuando una voz amenazante murmuró detrás de él:

—Atención a lo que va a decir...

Pina se quedó con la boca abierta. Sus rasgos amarillentos expresaron terror.

—¡Saquen de aquí a esa mujer! —ordenó Monasterio—. ¡Perturba la sesión!

Un soldado levantó a la mujer y la arrastró hacia la puerta.

Por segunda vez, Pina oyó el murmullo del Zorro. Intentó apartarse, pero la espada siguió su movimiento.

Ahora Monasterio miraba al abogado con asombro, no comprendiendo por qué tardaba tanto en hablar.

—¿Y? —soltó con voz irritada.

Pina se decidió finalmente.

—Después de haber examinado las pruebas —dijo con una voz temblorosa—, yo... yo... yo considero que los acusados, don Nacho Torres y don Alejandro, no... no... son culpables.

—¿Qué? —aulló Monasterio levantándose de un salto.

Pina hizo un gesto para mostrarle la cortina detrás de sí. Su actitud era tan extraña y su terror tan visible que Monasterio no comprendió en seguida.

Cuando hubo adivinado lo que había ocurrido, era demasiado tarde. El Zorro se había escabullido por la cocina.

—¡El proceso no ha terminado! ¡Los acusados no son libres! —rugió Monasterio loco de rabia.

Un coche se detuvo delante de la puerta y unos

instantes más tarde el juez Vasca entró en la sala, con la ropa húmeda pegada a su enorme cuerpo. Miró a su alrededor y preguntó con voz indignada:

—¿El proceso? ¿Qué proceso se desarrolla en mi ausencia y a esta hora?

Todo el mundo habló al mismo tiempo.

—¡Un poco de silencio! ¡Un poco de silencio! —imploró finalmente Pina.

Volvió la calma. Ya Monasterio se había recobrado. Avanzó hacia el juez y se inclinó profundamente.

—¡Comandante Monasterio, para servirlo, excelencia! —dijo—. Pensamos que no llegaría a tiempo. También hemos reunido al tribunal y dado el veredicto.

—¡Ah! ¡Ah! —dijo el juez—. ¿Y cuál es el veredicto?

—Los dos acusados han sido absueltos —respondió Monasterio—. Estoy orgulloso de la justicia cumplida bajo mis órdenes.

Oyendo una mentira tan descarada, algunas personas murmuraron.

—¡Hum! —dijo el juez—. En todo caso, tengo que examinar el procedimiento. Haga que me preparen tres copias del acta y las examinaré en cuanto haya tomado el desayuno.

En ese momento, el juez vio a García que entraba en la sala.

—¡Ah! ¿Usted aquí, sargento? —dijo—. ¿Quiere que vayamos a desayunar juntos?

El pobre García se quedó aterrado. No tenía ninguna gana de comenzar a atiborrarse de nuevo y, por otra parte, temblaba a la vista del rostro furioso de Monasterio. Logró, sin embargo, esbozar una sonrisa y se dirigió hacia la puerta a paso vacilante. La voz del comandante retumbó detrás de él:

—¡Sargento García! Vaya a desayunar con el juez Vasca. Después... ¡tengo dos palabras que decirle!

Capítulo 15

La misión de García

DESDE el proceso, Monasterio estaba de un humor execrable. No dejaba de pensar en el Zorro y en todas las malas pasadas que éste le había jugado. El comandante había llegado a la convicción de que al bandido le protegía la población entera. La gente le consideraba como un héroe y se negaba a dar informaciones que habrían permitido su captura. También Monasterio pensaba ahora en infiltrar a un espía entre la población, un buen hombre, de apariencia honesta, de quien nadie sospecharía.

Una mañana, cuando acababa de levantarse, Monasterio fue a abrir la ventana y, según su costumbre, miró primero si habían izado la bandera en el mástil que se elevaba en el centro del patio. Sí, algo blanco flameaba allá arriba, pero...

—¿Qué bandera es ésa? —rugió Monasterio.

¡Era un rectángulo de tela blanca en el cual estaba trazada en negro una gran Z! ¡Un golpe más del Zorro!

—¡Bajen eso! —gritó el comandante a los soldados.

Cuando salió al patio, varios habitantes de la villa se habían acercado, atraídos por los gritos. Dos peones, que iban a trabajar en las obras de la iglesia, permanecían delante de la puerta del cuartel y se reían de los vanos esfuerzos de un soldado para trepar al mástil que una mano desconocida había untado de grasa.

De repente Monasterio apareció detrás de ellos.

—Les divierte, ¿eh? —gruñó—. ¡Centinela, arreste a estos dos hombres!

El centinela obedeció.

—¿Les parece divertido que se insulte al rey y a la bandera española? —repuso furiosamente el comandante.

Los peones se llamaban Pancho y Blas.

—¡Oh, no! —protestó Blas—. Nos reíamos solamente de ese lancero que no podía trepar al mástil....

—¡García, venga aquí! —gritó el comandante—. Haga dar treinta latigazos a estos tunantes y métalos en prisión por un mes.

—Perdóneme, comandante —dijo García', pero ¿no sería mejor hacerlos trabajar para nosotros en lugar de azotarlos y de encerrarlos? Si no, nos veríamos obligados a darles de comer...

—De acuerdo —dijo Monasterio—. A veces tiene ideas, García. Justamente hace falta reparar el tejado de las caballerizas...

Se volvió hacia los peones.

—Comenzaréis mañana por la mañana —les ordenó—. Iréis a buscar treinta cubos de asfalto a las minas de La Brea y cubriréis con ellos el tejado de las caballerizas.

—¡Pero es imposible! —exclamó Pancho—. Las minas están a unas leguas de aquí. ¡Denos un coche!

—¿Un coche? ¡Ah, no! Si el trabajo no está terminado al final de la jornada, cada uno de vosotros recibirá sesenta latigazos y pasaréis dos meses en prisión.

García estuvo a punto de protestar, porque sabía que se trataba de una faena irrealizable, pero juzgó preferible callarse.

—Y le doy diez minutos para descolgar ese trapo, García —repuso Monasterio alejándose.

Con desesperación, García alzó la vista hacia la bandera. De pronto su ancha cara se iluminó.

—¡Un hacha! —gritó—. ¡Rápido, un hacha!

El comandante estaba de vuelta en su escritorio cuando oyó los primeros crujidos del mástil. Se acercó a su ventana justo a tiempo para verlo rebotar en el tejado de las caballerizas y luego caer al patio.

—¡García! ¡Venga aquí! —ordenó Monasterio.

El sargento entró temerosamente en el despacho,

esperando ser castigado, pero, ante su gran sorpresa, el comandante ya no habló del mástil.

—¿Por qué no hemos podido apresar al Zorro? —preguntó—. Primero, porque es más astuto que nosotros. Segundo, porque toda la población le protege. Pues bien, si tuviésemos a alguien que pudiera mezclarse con el pueblo, sin despertar sospechas, descubriríamos rápidamente quién es el Zorro.

—¡Muy bien! —aprobó García.

—Usted será, pues, ese hombre —dijo Monasterio—. Hoy mismo, para castigarlo por haber dejado que el Zorro izase su bandera en el mástil, será expulsado del ejército.

—¡Pero yo no podía hacer nada! —gimió García.

—¡Pedazo de idiota! ¡Será un recurso para engañar! Usted hará el papel del soldado expulsado del ejército, furioso contra mí, y acabará por saber quién es el Zorro. Y cuando lo hayamos detenido, usted será reincorporado, tal vez con un grado superior... ¿Lugarteniente, quizá?

—¡Lugarteniente García! ¡Magnífico!

Poco después de la ceremonia pública durante la cual García fue degradado y expulsado del ejército, Diego recorría las calles de la villa montado sobre *Ratón*. Durante su paseo, encontró a Blas y a Pancho que, cargados de cubos, se ponían en camino hacia La Brea. Los dos peones explicaron al joven lo que les había ocurrido, y éste se sintió apenado ante la idea de que ellos sufrieran las consecuencias de su jugarreta.

—¡No lo permitiré! —se prometió.

Entrando en la posada, advirtió a García, solo en una mesa, sin uniforme, y fue a sentarse junto a él.

—Pues bien, sargento García, ¿qué ocurre? —le preguntó.

García contó a Diego su triste historia y concluyó diciendo:

—El bruto del comandante me ha castigado por algo de lo que yo no era responsable. ¡Abajo Monasterio!

—¡No tan fuerte! —le aconsejó Diego—. Si no, tendrá nuevas dificultades con él.

—¿Usted lo aprecia? —le preguntó García.

—¡Bah! Es el jefe. Yo respeto las leyes y sé que hay que obedecerlo.

—¡El Zorro no diría lo mismo que usted!

—¡Él es un bandido, yo no! ¿Qué va a hacer ahora?

—No tengo idea. ¡Siempre he sido soldado!

Cuando Pedro González, el posadero, les llevó vino, Diego le preguntó:

—¿No tendría trabajo para este amigo mío aquí presente?

González no pareció del todo encantado, pero como Diego era un buen cliente y el hijo de un hombre respetado, el posadero no se atrevió a decir que no.

—Podrá fregar las cacerolas, lavar los pasillos, cortar leña...

Cuando González los hubo dejado solos, García puso mala cara y luego, bajando la voz, dijo:

—No me quedaré mucho tiempo aquí. ¡Lo más pronto posible, intentaré reunirme con el Zorro!

—¿De verdad?

—Sí. ¿Sabe usted quién es ese Zorro, don Diego?

—¡No, y espero no llegar nunca a conocerlo!

Después de la partida de Diego, García se puso a trabajar. Como de costumbre, Bernardo vagaba en los alrededores de la posada o en la sala, y nadie le prestó atención. Pero esa misma noche el mudo se reunió con su amo y, mediante gestos, le explicó lo que había hecho el sargento durante la jornada. Entre otras cosas, había

preguntado a unos y otros sobre el Zorro. García parecía en verdad tener muchas ganas de encontrar al caballero del antifaz.

Diego sonrió.

—Pues bien —dijo—, le daremos ese placer sin demora. ¡Esta misma noche!

Era tarde. González había ido a acostarse después de haberle ordenado a García que limpiase la cocina. El sargento ya había trasegado dos cubiletes de vino de un tonel: acababa de servirse un tercero cuando oyó un paso leve detrás de sí.

Pensando que era González, se apresuró a esconder el cubilete bajo su camisa, sosteniéndolo con una mano para que no se derramase. Luego se volvió.

Era el Zorro quien acababa de entrar en la cocina.

—Señor Zorro —dijo García con la voz algo emocionada—, yo no soy enemigo suyo... ¡He sido expulsado del ejército!

—Algo de eso he sabido —respondió el Zorro.

—¡Pues bien, ahora le veo con nuevos ojos! ¡Yo

estoy por la justicia, y deseo que Monasterio sea castigado!

—¡Magnífico! —dijo Zorro—. ¿Eso significa que está dispuesto a ayudarme?

—¡En lo que sea, señor Zorro! Soy buen caballero y manejo bien la espada.

—¿Y qué más puede hacer?

—Conozco no pocos secretos del comandante. ¡Créame! Podría ayudarlo mucho.

El Zorro pareció vacilar.

—¡Hum! —dijo finalmente—. Naturalmente tendré que ponerlo a prueba antes de aceptarlo. Pues bien, reúnase conmigo, mañana al amanecer, cerca de la antigua herrería, en la carretera de San Diego.

—¡Allí estaré! —respondió García.

El Zorro contuvo una sonrisa al observar la mano de García, que aún mantenía el cubilete oculto bajo su camisa.

—Una pregunta más, García —dijo—. ¿Tiene manos fuertes?

—¡Y cómo! —exclamó García, tendiendo las dos manos para mostrárselas al Zorro.

En el mismo instante hizo una espantosa mueca, porque el cubilete, al volcarse, había empapado su pecho y su vientre.

—¡Mañana al amanecer! —repitió el Zorro, y salió de la cocina.

Quitándose su camisa mojada, García pasó al umbral para asegurarse de que el Zorro se había alejado. Esperó unos minutos y luego, tan rápido como se lo permitían sus cortas piernas, atravesó la plaza para ir a hacerle su informe a Monasterio.

Cuando Diego volvió a su casa, Bernardo le miró con un aire interrogativo.

—Sí —dijo Diego—, es un espía. Lo he vigilado,

oculto en los andamios de la iglesia. Se ha ido derecho a ver al comandante.

Y se dirigió hacia el panel secreto.

Dos horas antes de amanecer, Monasterio se aprestaba ya a abandonar la villa. En efecto, debía utilizar todo su tiempo para disponer a los lanceros alrededor del sitio donde García debía reunirse con el Zorro.

Si hubiese podido saberlo, al comandante no le habría hecho falta ir tan lejos para encontrar al caballero del antifaz, porque, en el mismo momento, ¡éste se hallaba tumbado en el tejado del cuartel, observando lo que ocurría!

Los lanceros estaban montados. Monasterio salió del cuartel y llamó al cabo Ortega.

—Durante mi ausencia —le dijo—, usted asumirá el mando. Encontrará las consignas para la jornada sobre mi escritorio.

—¡Puede contar conmigo, comandante!

Los lanceros se alejaron. Dos minutos después de su partida, la disciplina se relajó. El centinela a la puerta de la villa se sentó apoyado en una pared para echar una cabezada. El guarda que vigilaba a la entrada del cuartel hizo lo mismo. El cabo Ortega volvió al cuartel y fue a retomar su sueño interrumpido.

El Zorro se deslizó por el tejado de la prisión y luego saltó al patio. Unos instantes más tarde se encontraba en el escritorio del comandante, escribiendo algo sobre un papel, a la luz de una vela. Poco después desapareció.

Apostado bajo el gran árbol, junto a la herrería abandonada, García tiritaba por el frío helado del alba. ¡Llegaba el día, pero no el Zorro! El sargento se sentía presa de la inquietud.

Un cuarto de hora más tarde una voz gritó:

—¡Hemos sido burlados!

El sargento se incorporó de un salto y vio a Monasterio que salía del bosque. De todos lados los lanceros se acercaban, cerrando el círculo.

—¿Y, García? —gruñó Monasterio—. ¿Qué explicación va a inventar ahora?

—¡Sin embargo, me había prometido que estaría aquí! Pero...

El sargento esbozó un gesto de defensa, porque el comandante se abalanzaba sobre él, con la mano levantada. Pero no era a él a quien se dirigía Monasterio: arrancó un trozo de papel fijado al árbol con un puñal.

El mensaje sólo contenía una palabra: «García». Debajo había dibujada una casa en ruinas y, al lado, un ancla.

—¡Es la cabaña de Vicente! —exclamó García—. En la carretera del mar. ¡El Zorro quiere que vaya allí!

Monasterio examinó una vez más el mensaje, en cuyo reverso había trazada una gran Z. Por fin, se decidió:

—Usted irá primero, García —dijo—. Los lanceros la seguirán a buena distancia y rodearán la cabaña.

García volvió a montar, pues, en la vieja mula que había tomado prestada de González, y se dirigió hacia la cabaña. Cuando llegó allí, una hora más tarde, entró en la choza, examinó los alrededores, pero no vio al Zorro. Y la misma escena se repitió: después de esperar un buen rato, Monasterio y sus lanceros salieron de detrás de una ondulación del terreno y se acercaron.

—¿Y, García? —dijo el comandante con voz amenazadora—. ¿Cómo explica esto?

—Yo... yo... —balbució el sargento.

De pronto sus ojos se desorbitaron al advertir al Zorro que avanzaba tranquilamente por la carretera.

—¡Ahí está! —gritó.

—¡Ocúltense! —ordenó Monasterio a los lanceros. Era demasiado tarde. El Zorro los había visto. En seguida volvió grupas y huyó.

—¡Atrápenlo! —gritó el comandante.

Una vez más, los lanceros emprendieron la persecución del caballero del antifaz, lo que duró hasta el momento en que Monasterio elevó una mano para detener a sus hombres. Había comprendido. El Zorro se burlaba de él. Jamás podrían los caballos de los lanceros atrapar al fogoso semental negro. Lo que quería el Zorro era arrastrarlos lo más lejos posible de Los Ángeles.

—¡Media vuelta! —ordenó Monasterio.

Cuando se encontraron con García, que trotaba lentamente sobre su vieja mula, el comandante estalló en imprecaciones.

—¡Pedazo de idiota! —rugió—. ¡Ha permitido que el Zorro se burle de nosotros y que nos haga correr varias leguas para nada! ¡Voy a castigarlo, imbécil! ¡A partir de este instante queda reincorporado al ejército!

Después de haber echado una buena cabezada, el cabo Ortega pasó al escritorio del comandante para recoger las consignas de la jornada. Como no sabía leer, llevó el papel al padre Juan, quien se encargó de su lectura.

Consigna al cabo Ortega: dirigirse inmediatamente a las minas de asfalto con cuatro hombres y mi coche personal. Traer sesenta cubos de asfalto y echarlo en el tejado de las caballerizas. Utilizar los servicios de Blas y Pancho. Cuando el trabajo haya terminado, liberar a estos dos hombres y confiarlos a la custodia del padre Juan.

Aunque a Ortega estas órdenes le parecieron extrañas, se dispuso a cumplirlas.

Mientras se encaminaban hacia las minas de asfalto, los soldados encontraron a Pancho y a Blas, que cargaban con dificultad cuatro cubos de ese líquido viscoso.

—¡Tenéis suerte! —les gritó Ortega—. ¡El comandante nos ha dado la orden de transportar el asfalto en su coche y de ayudaros a extenderlo en el tejado!

Cuando llegaron a Los Ángeles con su carga, el bonito coche se veía en un estado deplorable. En el mismo momento el comandante volvía con sus lanceros.

Cuando supo lo que había ocurrido se enfureció.

—¡Pero son sus órdenes! —protestó Ortega, tendiéndole el papel.

—¡Imbécil! ¡Ésta no es mi firma! —chilló el comandante.

Examinó el papel y debió reconocer que su escritura estaba perfectamente bien imitada. ¡Un golpe más del Zorro!

—En cuanto a los dos peones —repuso Ortega con una voz vacilante—, los he liberado, como estaba escrito en el papel... Puedo ir a reclamárselos al padre Juan...

Pero a Monasterio ya no le importaban los peones. Todo su furor estaba concentrado en su enemigo inalcanzable.

Capítulo 16

El ardid de Monasterio

SA misma noche, en la posada, donde se presentaba una bailarina de Monterrey, dos hombres se batieron a duelo por los hermosos ojos de la joven. Uno de ellos fue muerto. Monasterio, que se encontraba allí, asistió imperturbable al combate. Pero la habilidad con que el asesino, un tal Rivera Méndez, manejaba la espada, le dio una idea... Le hizo, pues, detener.

A la mañana siguiente le citó en su despacho y, una vez que los guardas se retiraron, con un gesto seco Monasterio invitó a su prisionero a tomar asiento.

Méndez se sentó. Monasterio le ofreció un cigarro.

—¿Conoce de nombre a ese misterioso bandido que se llama el Zorro?

—¿El defensor del pueblo? ¡Oh, sí! Todo el mundo le conoce.

—En realidad, soy yo el defensor del pueblo —replicó el comandante, sin parecer incómodo por una mentira tan gorda.

Méndez esbozó una sonrisa burlona.

—Pero la gente aún no lo ha comprendido, ¿no es así? —preguntó.

—¡Precisamente! Esta noche organizo una gran cena en la posada para todos los grandes propietarios de la región. El Zorro aparecerá, despojará a mis invi-

tados, los maltratará, y tal vez incluso corte una o dos orejas con su espada. Cuando haya visto a ese pillo en acción, la gente comprenderá finalmente lo que es: no un amigo del pueblo, sino un vulgar criminal.

—¡Muy interesante! —dijo Méndez—. Y soy yo quien hará de Zorro, ¿no?

—Se parecen. He conseguido las ropas necesarias y nadie se dará cuenta de la diferencia.

Cuando vio la sonrisa en los labios de Méndez, Monasterio estuvo seguro de haber ganado.

—¡Parece algo demasiado sencillo! —dijo Méndez.

—Los planes más sencillos son los mejores. Mis huéspedes estarán sin armas. García vigilará a la puerta para estar seguro de que usted no sea molestado.

—¿Y si uno de sus invitados se resiste?

—Yo no soy responsable de los actos del Zorro —respondió Monasterio, riendo burlonamente—. Si alguien es tan loco como para intentar resistirse al Zorro, se arriesga a ser gravemente herido. Y si ese hombre resultase ser don Alejandro de la Vega —le diré en su momento cómo reconocerlo—, podría incluso acabar muerto.

Méndez echó tranquilamente una bocanada de su cigarro.

—Sí, verdaderamente —dijo—, ¡compruebo que es usted un fiel amigo del pueblo!

—¡Evite los sarcasmos! Ha matado a un hombre. Es posible que pase unos meses o hasta unos años en el calabozo, hasta que comparezca ante el tribunal. ¡Y mis soldados me han dicho que no aprecia en absoluto mi prisión, señor Méndez!

Los ojos de Méndez tuvieron un destello amenazante, pero el hombre no perdió su calma.

—Si yo represento el papel del Zorro —preguntó—, ¿obtendré a cambio mi libertad?

—Quedará libre en cuanto haya terminado. Se escapará por una escala, desde la primera planta de la posada. Su caballo le estará esperando.

Durante un buen rato, Méndez observó al comandante con su mirada fría, vagamente despectiva.

—¿Cuál es su respuesta? —preguntó finalmente Monasterio.

—Después de mi huida —respondió Méndez— estará obligado a decir que me he escapado de la prisión. Y yo viviré siempre bajo la amenaza de ser condenado.

—¡Al menos es mucho mejor que pudrirse en prisión!

—Sería mucho mejor si yo fuese indultado por el comandante —replicó imperturbable Méndez—. Y mucho mejor aún si tuviese mi indulto, firmado por usted, en el bolsillo, mientras represento el papel del Zorro. Correría menos riesgo de ser abatido por uno de sus soldados... después de una tentativa de evasión, como suele decirse.

Monasterio se puso blanco de rabia.

—¡Un mes de calabozo calmaría su insolencia! —rugió—. ¡Y al cabo de un año, no repetiría las mismas palabras!

—¡Un mes! ¡Un año...! —suspiró Méndez—. Durante ese tiempo, el Zorro continuaría poniéndolo en ridículo.

—¡Es usted un canalla insolente!

—Pero me necesita para sus proyectos. Yo soy el único que puede representar el papel del Zorro.

Sin una palabra, el comandante tomó su pluma y comenzó a redactar el indulto de Méndez.

Capítulo 17

Los dos Zorros

AUNQUE el comandante ofreciera una excelente cena a sus huéspedes, éstos, que desconfiaban, se mantuvieron en guardia y a la velada le había faltado animación.

A los postres, Monasterio se levantó. Tenía muy buen aspecto con su uniforme de gala, realzado de oro, con el pecho cubierto de condecoraciones. Impuso el silencio a los músicos con un gesto y se dispuso a pronunciar un breve discurso:

—Estoy encantado de ver a tantos amigos reunidos a mi alrededor. Lamentablemente don Alejandro de la Vega no ha podido venir, pero ha enviado a su distinguido hijo don Diego para representarlo...

Oyendo estas últimas palabras, algunas personas sonrieron y volvieron sus ojos hacia Diego, a quien se le había asignado el peor sitio. Estaba instalado junto a la puerta de la cocina, y constantemente le molestaban los sirvientes que llevaban los platos.

—Algunos de ustedes, lo sé, han pensado a veces que yo era demasiado duro —continuó Monasterio—. ¡Pero puedo asegurarles, con la mano en el corazón, que actuando así únicamente tenía en vista la grandeza de nuestra región! Para ser breve, sólo diré que el objetivo de este banquete es estimular entre nosotros sentimientos de armoniosa comprensión. ¡Que esto nos haga olvidar ciertos malentendidos!

—¡Malentendidos de los que él es el único responsable! —murmuró don Alfredo a su vecino.

—¡Eso es todo lo que tenía que decir! —concluyó el comandante—. ¡Brindemos a la salud del rey!

Todos los comensales se levantaron para hacer el brindis. Monasterio hizo una señal a los músicos, quienes comenzaron a tocar un aire alegre. Rosita, la joven bailarina por la cual se había batido Méndez, apareció al pie de la escalera. Se adelantó hacia la pista y se puso a girar haciendo sonar sus castañuelas.

Todos seguían con sus ojos a la bailarina. De repente se inmovilizó, llevándose una mano a la boca para reprimir un grito de espanto. Un hombre enmascarado, vestido de negro, acababa de llegar por la escalera. En una mano sostenía una espada, en la otra una pistola.

—¡El Zorro! —se oyó por todos lados.

—¡Que nadie se mueva! —ordenó el hombre enmascarado—. ¡Que cada uno deposite en la mesa dinero y joyas! ¡Si cualquiera de ustedes intenta dar la alarma, le mato!

Se dirigió entonces hacia el alcalde, le obligó a levantarse y le apoyó la pistola en la espalda.

—¡Acérquese, González! —gritó.

El posadero avanzó lentamente hacia él, con el rostro descompuesto por el miedo.

—Quítese el delantal —le ordenó el bandido—, y meta dentro todo lo que han dejado sobre las mesas.

Empujando al alcalde delante de sí, el falso Zorro siguió a González, que comenzaba a circular entre las mesas. Rosita intentó escapar por la escalera, pero el bandido le cerró el paso y le arrancó la cruz que llevaba al cuello.

Don Diego fue uno de los primeros en ser despoja-

do. Sus manos temblaban cuando echó su talego en el delantal del posadero.

—¡Déme su anillo! —le ordenó el falso Zorro—. ¡El próximo a quien me vea obligado a pedirle su anillo, tendrá que vérselas con mi espada!

Diego obedeció. Los otros comensales se apresuraron a dejar sus anillos sobre la mesa. Cuando González llegó a don Alonso, el viejo echó algunas monedas en el delantal.

—¡Muestre sus manos, tramposo! —bramó el bandido.

Don Alonso le mostró sus manos. Sobre la piel bronceada, se distinguía la huella más pálida de un anillo.

Furioso, el hombre enmascarado le hirió el hombro de una estocada.

—¡Que esto les sirva a todos de lección! —gritó—. ¡Los he ayudado y protegido, miserables rancheros, y ahora intentan timarme! ¡Atención!

Don Alonso entregó su anillo al posadero y el falso Zorro prosiguió su recorrido. Arrancó al pasar los pendientes a una criada y luego se detuvo ante el comandante. Éste echó algunas monedas de oro en el delantal.

Mientras el falso Zorro daba una cruel lección a don Alonso, Diego había desaparecido. Quien lo hubiera observado podría haberlo visto deslizarse bajo su mesa y luego refugiarse en la cocina. Pero nadie miraba hacia ese lado.

Ahora el falso Zorro había pasado por todas las mesas. Con la punta de la espada, dibujó una gran Z en el chaqué de uno de los comensales y luego retrocedió hacia la escalera. Había vuelto a poner la pistola en su cintura para poder coger el botín con su mano libre. Bruscamente, empujó al alcalde al suelo y se abalanzó hacia la escalera.

Todos los rancheros se precipitaron en busca de sus espadas, que habían dejado sobre una mesa, cerca de la entrada. Monasterio los adelantó a todos.

—¡Déjenmelo a mí! —rugió, avanzando hacia la escalera espada en alto—. ¡Yo me ocupo de él!

El falso Zorro había entrado en una habitación de la primera planta, desde donde una escala le permitiría huir. Por ese camino había llegado. Pero la escala había desaparecido. La habían trasladado más lejos, bajo la ventana de otra habitación. Y fue de esta habitación de donde salió de repente el verdadero Zorro.

Monasterio se precipitó sobre él, persuadido de que era Méndez. Los dos hombres cruzaron sus espadas.

—¡Imbécil! —dijo Monasterio a media voz—. ¡Vuelva a la habitación! ¡Escápese!

Abajo, nadie estaba dispuesto a intervenir. Además, don Alfredo, que siempre desconfiaba, había gritado:

—¡No os mováis! ¡Dejad que se ocupe el comandante!

Los soldados que vigilaban ante la puerta de la posada habían recibido la orden de no entrar, pasase lo que pasase.

Monasterio comenzó a inquietarse. La espada del Zorro hizo saltar algunas condecoraciones de su pecho, le desgarró una manga, cortó la charretera derecha y por fin le obligó a retroceder hasta el rellano de la escalera.

Las cosas tomaban mal cariz. El comandante pensó que Méndez pretendía matarlo.

—¡García! —gritó.

Pero el sargento vaciló en traspasar el umbral, temiendo desobedecer las órdenes recibidas.

Méndez también se encontraba en una situación difícil. Desde el balcón del cuarto donde se hallaba, no podía alcanzar la escala, puesta ahora más lejos. Comprendió entonces que sólo le restaba atravesar de nuevo el pasillo para ir a la habitación desde donde podría escaparse.

Después de haber deslizado el botín en su cinturón, apareció en el umbral, espada en mano.

En el mismo instante el Zorro acababa de hacer volar la espada del comandante. Éste dio media vuelta para huir, pero no reparó en el primer escalón y cayó rodando por la escalera.

El Zorro luchó entonces contra el hombre que se había hecho pasar por él. Muy pronto se dio cuenta de que era el más peligroso adversario que hubiese encontrado en mucho tiempo. No sólo Méndez sobresalía con la espada, sino que recurría a lances prohibidos por el código de honor. De repente se tiró a fondo, poniendo casi una rodilla en tierra, y lanzó al Zorro un golpe fulminante que el joven consiguió parar por los pelos.

—¡Ah! ¡Ah! —murmuró el Zorro—. ¿Una puñalada trapera?

Habría podido actuar igual, pero se negaba. Por otra parte, no era necesario. Una rabia fría se adueñó de él. Frenó otros dos asaltos de su adversario, pasó a su vez al ataque, con una determinación tan feroz que Méndez pronto se vio obligado a batirse en retirada.

El Zorro lo empujó hasta el rellano de la escalera. Con un golpe hábil lo desarmó y luego hizo silbar la hoja ante su rostro. Méndez levantó las dos manos para protegerse. Entonces el Zorro se arrojó sobre él y lo empujó por la escalera.

García se había decidido al fin a intervenir. Atravesó la sala corriendo y alcanzó a Monasterio al pie de la escalera. En el mismo momento, el falso Zorro cayó rodando sobre ellos con estrépito. Los tres hombres rodaron por el suelo. Los espectadores se precipitaron y redujeron a Méndez.

Durante ese tiempo, el Zorro emprendía la fuga por la escala. Una vez fuera, se despojó a toda prisa de su traje y lo entregó a Bernardo, que desapareció en la oscuridad.

Los rancheros arrancaron su máscara al falso Zorro.

—¡Es el extranjero que Monasterio hizo detener en la posada! —exclamó González—. ¿Cómo ha podido salir de la cárcel?

Monasterio sintió cómo recaían en él miradas suspicaces.

—¡Se ha escapado, claro! —afirmó—. Castigaré severamente a los guardianes que le han dejado huir. ¡García, usted es el responsable! ¡Lleve a este hombre a la cárcel y espéreme en mi despacho!

Méndez estaba bastante aturdido por su caída, pero esto no le impidió lanzar una mirada amenazadora al comandante cuando García le arrastró hacia la puerta.

—¡Y no permita que nadie le hable! —recomendó Monasterio a García.

Ya habían depositado en una mesa el botín de Méndez y, con su brazo sano, don Alonso hacía el reparto. Don Alfredo le ayudaba a devolver dinero y anillos a sus legítimos dueños.

—Este talego pertenece a don Pablo —dijo don Alfredo—. Esta cruz de oro se la robó a la encantadora Rosita. Éste es el anillo de don Diego, con las armas de la familia de la Vega. Pero, ¿dónde está don Diego?

Diego apareció en el umbral de la cocina mirando a su alrededor, como para asegurarse de que ya no había ningún peligro. Sostenía un vaso de vino en la mano y, cuando se lo llevó a sus labios, todos los que estaban cerca de él observaron que temblaba.

—¡Vamos, don Diego, venga a buscar su anillo! —le gritó alegremente don Alfredo—. ¡Al menos, ha encontrado la forma de salvar su vaso!

Todo el mundo se echó a reír. Uno de los comensales que daba la espalda al comandante elevó su vaso diciendo a media voz:

—¡A la salud del Zorro!

Cuando recuperó la posesión de sus bienes, Diego cogió su capa y su sombrero y fue a presentar sus respetos a Monasterio.

—Le agradezco esta excelente cena, comandante —dijo—. Espero que tengamos una nueva ocasión de reunirnos... ¡sin la presencia del Zorro, claro!

Capítulo 18

El saqueador de iglesias

A su vuelta de Los Ángeles, Bernardo fue al cuarto de su amo y, mediante una gesticulación animada, comenzó a comunicarle lo que había pasado. Primero movió las manos en redondo alrededor de su vientre para simular la barriga del grueso García; luego hizo ademán de empuñar un mosquete y se golpeó en seguida en el corazón.

—¡Comprendido! —dijo Diego—. García ha matado a alguien. ¿A quién?

Bernardo dibujó dos Z con la yema de los dedos. Diego se echó a reír.

—Puesto que no soy yo, ha de ser Méndez, ¿no?

El mudo asintió con una señal de la cabeza. Luego se inclinó, pareció depositar algo en el suelo e hizo ademán de manejar una pala.

—¡Comprendido! —repitió Diego—. García ha matado a Méndez, lo que significa que éste había intentado escapar de la prisión. Ahora, Méndez está muerto y enterrado. Pero, ¿cómo ha podido escaparse?

Los dos hombres intercambiaron una mirada y cada uno adivinó lo que el otro pensaba. Méndez se había evadido en dos ocasiones. La primera vez para representar el papel del Zorro y hacer aparecer a éste como un vulgar delincuente. Pero su tentativa había fracasado. En consecuencia, Monasterio había tenido miedo de que Méndez hablase: le permitió, pues, que escapase una segunda vez y le dio a García la orden de matarlo.

Bernardo aportaba otra novedad: Monasterio y Pina debían dirigirse, esa misma noche, al rancho abandonado de Soledad. Diego se dijo que no podían hacer ningún daño en ese lugar desierto y consideró inútil perder el tiempo siguiéndolos.

Pero Diego habría cambiado de opinión si hubiese estado en Soledad esa noche. Tres hombres estaban reunidos en las ruinas de la hacienda, alrededor de un fuego de leña cuyo humo subía hacia el cielo estrellado: ¡Pina, Monasterio y... Méndez!

—¡Ya no quiero disfrazarme de Zorro! —decía Méndez—. Ya la primera vez hemos fallado el golpe...

—¡Esta vez no fallará! —replicó Monasterio—. Usted ganará una verdadero fortuna en joyas y el Zorro será acusado de haber cometido un crimen imperdonable.

—¡El Zorro! ¡No piensa más que en el Zorro! —rezongó Méndez—. ¡Aunque tengo muy poco de santo, jamás he saqueado una iglesia hasta ahora y ni siquiera lo había imaginado!

—¡Tampoco lo han colgado nunca! —replicó fríamente el comandante—. ¿Qué prefiere?

—¿Están verdaderamente convencidos de que he muerto? —preguntó Méndez.

—Sí, todo el mundo lo cree —declaró Monasterio—. ¡Y es el Zorro quien será acusado de robar la diadema de la Santa Virgen!

Pina miró a su alrededor con inquietud. Todo este asunto no le gustaba nada. Ya había sido obligado a ocultar a Méndez en su cuarto; luego el simulacro de ejecución, y esto le resultaba más que suficiente.

    —Pero, comandante —dijo—, ¿no sería mejor dejar que Méndez se fuera, sin montar otro plan para desacreditar al Zorro?

    —Él no puede salir de la región sin mi ayuda —replicó Monasterio—, ¡y lo sabe muy bien!

    Luego, volviéndose a Méndez, prosiguió:

    —Después de su visita a la iglesia, volverá aquí. Yo me reuniré con usted mañana por la noche y le entregaré un salvoconducto que le permitirá embarcarse al día siguiente a San Pedro, a bordo de un barco mercante.

—Está bien —refunfuñó Méndez después de un instante de reflexión—. Acepto. Por otra parte, no tengo otra opción.

Victorio, un indio de la misión, había abandonado su trabajo por la tarde para echarse una siesta en el matorral, detrás del cementerio de San Gabriel. Pero esta siesta se había prolongado y, cuando reabrió los ojos, ya era de noche.

En el momento en que iba a incorporarse, se acercó un caballo bajo los árboles y se detuvo muy cerca de él. Victorio oyó al caballero saltar a tierra y dirigirse a paso tranquilo hacia la iglesia. Intrigado, el indio lo siguió sin hacer ruido.

Oculto en la sombra del pórtico, Victorio vio a un hombre enmascarado ante el altar, sobre el cual ardían algunos cirios. ¡Era el Zorro! Arrancó la diadema de la estatua de la Virgen, empuñó su espada, trazó una gran Z sobre el altar y luego, dando media vuelta, fue hacia la puerta y salió.

En cuanto el Zorro hubo partido, el indio corrió a prevenir al padre Felipe.

La noticia del sacrilegio cometido en la iglesia se difundió como un reguero de pólvora en Los Angeles. Todo el mundo comentaba el robo horrorizado.

Diego, en su habitación, examinaba un puñado de diamantes falsos que a veces había usado para gastar alguna broma durante su estancia en la universidad. Bernardo golpeó suavemente la puerta y entró. Sus ojos se desorbitaron al ver lo que hacía don Diego.

Diego sonrió.

—Parecen verdaderos estos diamantes, ¿no? —preguntó—. Tú incluso has pensado por un instante que yo era el saqueador de la iglesia...

Bernardo sacudió enérgicamente la cabeza.

—¿Qué? —dijo Diego bromeando—. ¿No parecen verdaderos?

El mudo asintió con un gesto.

—Mi padre piensa que Monasterio ha montado este golpe con otro Zorro, ya que Méndez está muerto —explicó Diego—. ¿Qué es lo que tú piensas?

Bernardo se encogió de hombros.

—¿Y qué ocurriría si algunos de estos diamantes hiciesen su aparición en Los Ángeles? —volvió a preguntar Diego.

El mudo hizo girar sus grandes ojos para mostrar que eso suscitaría la indignación general.

—¡Estupendo! —dijo Diego—. Intentaré entonces darle mucho miedo a alguien y ello nos aportará sin duda una pista sobre el ladrón. Esta noche, después de cenar, iremos a la villa.

Bernardo señaló con el dedo el panel secreto.

—No —dijo Diego—. Iremos en nuestras monturas habituales, como paseantes inocentes. ¡Y echaremos algunos diamantes aquí y allá... inocentemente!

Capítulo 19

El rancho de Soledad

CUANDO entraron en la posada, Bernardo fue inmediatamente a instalarse junto a un tonel de vino, mientras que Diego, viendo a Pina solo ante una mesa, le pedía permiso para compartirla con él.

—¡Pues claro! ¡Claro! —se apresuró a decir el picapleitos, mostrándose algo incómodo—. Pasaba por aquí y acabo de entrar...

Diego pensó más bien que había ido a ver bailar a Rosita. Ésta apareció un poco más tarde. Cuando hubo terminado su primer baile, entre los aplausos frenéticos de la asistencia, el viejo que siempre la acompañaba se adelantó a la pista para recoger las monedas que le tiraban de todas partes. De repente se estremeció al recoger algo que acababan de lanzar, miró a su alrededor y luego guardó su hallazgo en el bolsillo.

«¡Esta vez he fallado!», pensó Diego. Por debajo de la mesa, hizo rodar sobre la pista otro falso diamante.

Por segunda vez, el viejo lo escamoteó tan rápido que nadie lo vio. Diego intentó entonces otro método: con su pulgar, como quien lanza una canica, tiró un falso diamante en la blusa de una camarera.

La chica se dio cuenta de ello y se agachó para recoger la piedra que había rodado por el suelo.

—¡Ella me roba mis monedas! —gritó Rosita.

Hubo protestas. La camarera afirmó que no era una moneda. Rosita y el viejo se precipitaron e intentaron hacerle soltar su presa. González acudió para restablecer el orden.

—¡Haya paz! ¡Salvajes! —bramó.

La camarera se debatía furiosamente.

—¡Es mío! —gritaba—. ¡Soy yo quien lo ha encontrado!

Y abrió la mano para mostrar el diamante.

—¡Se lo tiraron a Rosita! —afirmó el viejo—. ¡Estoy seguro, porque ya he recogido otros dos!

En medio de la agitación, resultó fácil para Diego y Bernardo lanzar al suelo algunas otras piedras falsas.

—¡Francamente curioso! —dijo Diego a Pina—. ¿Quién podría hacer tan buenos regalos a una bailarina? ¿Y quién posee diamantes como esos aquí? ¡Vaya! ¡Vaya! ¿No robaron anoche una diadema de diamantes en una iglesia?...

—¡Perdónenme, pero es necesario que vaya a poner al comandante al corriente! —dijo Pina levantándose.

Monasterio palideció cuando Pina le hubo informado de este extraño incidente.

—¿Está seguro de que se trata de diamantes verdaderos? —preguntó.

—¡Absolutamente seguro! Cuando esa bailarina llegó aquí, Méndez la seguía. ¿No es posible que él le haya dado los diamantes robados y que ella intente hacer creer que se los arroja un admirador?

Monasterio se levantó de un salto, fue a llamar a García y le dio la orden de recoger todos los diamantes descubiertos en la posada.

—¡Y registre la habitación de Rosita! —añadió.

Unos instantes más tarde, Diego y Bernardo, que habían salido al umbral de la posada, vieron al coman-

dante abandonar el cuartel y lanzarse al galope por la carretera.

Era demasiado tarde para ir a buscar el semental negro y el traje de Zorro. Diego y su servidor montaron a horcajadas y siguieron al comandante. Pronto descubrieron que se dirigía hacia el rancho de Soledad.

Cuando llegó a la hacienda abandonada, Monasterio puso pie en tierra, dejó a su caballo bajo los árboles y entró en la granja en ruinas. Un hombre dormía en un rincón, junto a las cenizas de una fogata. De puntillas, Monasterio se acercó espada en mano.

De pronto se lanzó sobre el durmiente, le asestó una furiosa estocada y luego comprendió que había sido burlado. No era Méndez, sino unos leños envueltos en una manta. En el momento en que Monasterio volvía sobre sus pasos, surgió de la sombra una silueta mientras que una voz burlona decía:

—¡Me lo esperaba, comandante! ¡Ha venido para matarme mientras dormía y robarme los diamantes!

—¡Imbécil! —gritó Monasterio—. ¿Por qué ha dado esos diamantes a la bailarina?

Empuñó su pistola, pero la hoja de Méndez le golpeó la muñeca, obligándolo a soltar el arma. Entonces Monasterio atacó con la espada. El combate no duró mucho tiempo. Monasterio era un buen esgrimidor, pero la cólera lo enceguecía y pronto Méndez le hizo saltar la espada de las manos.

Monasterio volvió las espaldas y huyó hacia el bosque.

—¡Se cansará mucho, bravo comandante, si vuelve a Los Ángeles a esa velocidad! —le gritó irónicamente Méndez—. ¡Yo guardo su caballo!

De repente Méndez advirtió a don Diego de la Vega que se dirigía hacia él. Su sorpresa se convirtió en estupor cuando vio al joven empuñar su espada y plantarse delante de él como para cerrarle el camino.

—¡Salga de mi camino o lo dejo muerto en el sitio! —se burló Méndez.

—¡Entréguese al comandante! —le ordenó Diego.

Méndez intentó hacer lo que había dicho, pero Diego paró el golpe.

—¡Ha tenido suerte! —gruñó Méndez, que esta vez atacó con determinación.

Diego se defendía a duras penas; era sin duda el peor esgrimidor que jamás Méndez encontrara y, sin embargo, conseguía deshacer todas las fintas de su adversario.

Méndez sintió que lo ganaba la cólera. Usó de lances desleales, como lo había hecho con el Zorro, pero Diego siempre se le escapaba. En un momento, pareció que la espada de Diego se había clavado en tierra; Méndez quiso aprovecharse de esta ventaja para asestarle un golpe mortal; en el último segundo, la hoja de Diego se elevó silbando y frenó el ataque.

Monasterio había vuelto sobre sus pasos y había recogido su pistola. Ahora esperaba, observando con asombro este extraño combate.

De nuevo Diego logró esquivar el golpe, pero con un gesto tan abierto que su hoja se enganchó en una mata. Esta vez también la recuperó justo a tiempo para desviar un lance que habría sido mortal. Y al instante siguiente Méndez, pasmado, vio que su propia espada le saltaba de las manos.

—¡Entréguese! —gritó Diego con una voz amenazante.

Méndez dio media vuelta e intentó huir. Entonces Monasterio disparó su pistola y abatió al bandido con una bala en la espalda.

—¡Yo podría haberlo hecho prisionero! —dijo Diego.

—Era un criminal peligroso —replicó Monasterio—. He sabido que se ocultaba aquí...

Diego se inclinó para registrar los bolsillos del cadáver. Encontró la diadema y la contempló con un asombro fingido.

—¡Vaya! —dijo—. ¡Era Méndez y no el Zorro quien había robado a la iglesia!

—¡Démela! —dijo Monasterio tendiendo la mano—. El padre Felipe se sentirá feliz de recuperarla.

—Sí, y le estará muy agradecido. Deberá explicarle que no ha sido el Zorro quien robó la diadema de la Virgen...

—¡Yo me encargo de todo! —farfulló el comandante.

Miró fijamente al joven.

—Pero, ¿qué venía a hacer aquí, don Diego, a estas horas?

—Mi servidor y yo pasábamos por la carretera cuando oímos el choque de las espadas.

El comandante no respondió nada.

—Ahora permítame a mí una pregunta —continuó Diego—. Todo el mundo creía que el señor Méndez había muerto cuando intentaba evadirse...

—Es lo que me había dicho García. Le han debido de sobornar para que dejara que Méndez escapase. Será severamente castigado.

—¿Será también severamente castigado por haber enterrado a alguien que no sea Méndez? —preguntó Diego.

—¡Ése no es asunto suyo!

—Tal vez tenga razón —dijo Diego riendo.

—Y ahora una pregunta de mi parte —dijo Monasterio con un tono algo inquietante—. ¿Cómo es posible que usted, un esgrimidor de los más torpes, haya sido capaz de batir a Méndez, el mejor esgrimidor que yo haya conocido jamás?

—¡Un golpe de suerte! Méndez mismo ha dicho que yo tenía suerte.

—¿Ah, sí? —dijo Monasterio con una voz cargada de sospechas.

No añadió nada, pero sabía muy bien que no se trataba de un golpe de suerte.

Capítulo 20

La captura del Zorro

AL día siguiente todo el mundo se reía de la historia de los falsos diamantes que había provocado tal emoción en la posada. A duras penas, García había logrado recuperar algunas de las piedras y luego había empezado a registrar la habitación de Rosita. Pero la bailarina se le había echado encima como una furia y le había arañado la cara con sus uñas.

Hoy el grueso García estaba sinceramente apenado por algo más grave. Seguido por cuatro lanceros, escoltaba a don Diego de la Vega hacia el despacho del comandante.

—¡Es un error, don Diego! —repetía el sargento enjugando su rostro, que sudaba la gota gorda—. Es un error, pero el comandante me ha dicho que le detuviese...

—¡Debe obedecer las órdenes, García! —respondió Diego.

El sargento abrió la puerta y entró con su prisionero en el despacho de Monasterio, quien estaba muy sonriente.

—¡Pues bien, García! —dijo—. Este hombre se ha burlado muy a menudo de nosotros, ¿no es así?

—No comprendo —balbució el sargento.

—Eso no me sorprende —replicó Monasterio.

Golpeteó los papeles desparramados sobre su escritorio, mientras Diego se sentaba ahogando un bostezo.

—Don Diego —continuó el comandante—, ¡tengo aquí la lista de las proezas del Zorro y he comprobado que en cada una de ellas usted no estaba lejos de allí!

Diego se encogió de hombros. Con un gesto negligente hizo caer una mota de su manga.

—¡En el nombre del rey, queda detenido! —declaró el comandante con un tono solemne—. ¡Usted es el Zorro!

Diego se echó a reír.

—¿Habla seriamente, comandante?

—¡No intente volver a engañarme! —gritó Monasterio—. ¡Lo sé todo!

—Los tiranos lo saben generalmente todo —replicó Diego—. Al menos, eso es lo que ellos creen.

Monasterio se incorporó de un salto. Había palidecido. Pero antes de que pudiese hablar, golpearon a la puerta.

—¡No me molesten! —gritó el comandante.

Como insistieron, le hizo una señal a García para que fuese a abrir.

Era un lancero, cubierto de polvo, aún jadeante por haber subido corriendo las escaleras.

—Nuestra patrulla en la carretera de San Fernando ha detenido un coche —anunció—. Era el virrey...

—¿El virrey? —exclamó Monasterio—. ¡Imposible! ¡Yo sé que estaba con el gobernador en Monterrey, pero no me habían advertido que vendría aquí!

—¡Está a punto de llegar! —afirmó el lancero—. El lugarteniente me ha encargado que le avise...

Monasterio hizo una señal al hombre para que saliese.

—¡He ahí la obra de mis enemigos! —bramó el comandante—. ¡Las mentiras que han difundido sobre mi conducta han llegado hasta los oídos del virrey!

Luego, volviéndose a Diego, ordenó:

—¡Métalo en el calabozo, García! ¡Quiero que el virrey asista a su ahorcamiento!

El joven no opuso ninguna resistencia cuando se le condujo a la cárcel. Poco después hubo un gran trajín en el patio: unos soldados fueron a abrir todas las celdas, con excepción de la de Diego.

—¡Sois libres! —gritaron los hombres a los prisioneros—. Es el comandante quien ha dado la orden. Hay vino para todos vosotros en la taberna. Cuando llegue el virrey, procurad manifestad vuestra gratitud hacia el comandante aclamándolo.

Diego no pudo evitar sonreír al oír los preparativos de esta puesta en escena destinada a hacer creer al virrey que las prisiones estaban vacías y que el pueblo de Los Ángeles era feliz y libre. Una hora más tarde el virrey hizo su entrada en la villa. Hubo aclamaciones, luego se hizo un gran silencio, y Diego oyó a Monasterio iniciar un breve discurso para recibir a sus huéspedes.

—¡Excelencia! —dijo—. Nos permitimos dar la bienvenida a usted y a su encantadora hija en nuestra humilde ciudad.

—¡Gracias! —dijo el virrey—. Muchas gracias, comandante. Hemos hecho un largo viaje y yo le estaría muy reconocido si nos condujesen a nuestros aposentos...

Diego se echó a reír oyendo la manera como el virrey había cortado las veleidades oratorias del comandante.

Su excelencia el virrey, don Esteban Salazar, era un hombre corpulento de cierta edad. Con sus ojos vivaces, donde asomaba un destello de ironía, observaba a

Monasterio, que se mostraba solícito con su hija, la encantadora Constancia, e intentaba destacar su lado más amable.

—Nuestra posada es modesta, pero es lo mejor que tenemos —dijo el comandante—. He hecho desocupar todas las habitaciones para que nadie les moleste. Si me hubiesen advertido de su llegada habría podido preparar una recepción digna de ustedes...

—¡Usted nos ha acogido muy bien! —le dijo Constancia con una sonrisa.

—Nuestro pueblo es pobre, pero contento de su suerte —afirmó Monasterio.

—Según los informes que he recibido, el pueblo no está tan contento como usted dice —objetó el virrey—. ¡Me han hablado de rancheros furiosos, de prisiones llenas, de pesados tributos y hasta de crímenes!

—¿Este un pueblo oprimido? —protestó el comandante señalando con un gesto la multitud que se había reunido frente a la posada—. Por lo demás, le pediría que visitase el cuartel conmigo. Sólo hay un prisionero.

Entraron en la posada. González, que siempre llevaba su delantal mugriento, se inclinó casi hasta el suelo ante sus ilustres huéspedes.

—Me han hablado incluso de actos de rebelión —retomó el virrey—. En especial de cierto bandido... ¿Cómo se llama? ¡Ah, sí!: el Zorro.

—¡Es un hombre más astuto que el diablo! —dijo rudamente Monasterio—. Incluso ha saqueado a una iglesia, pero yo he logrado recuperar la diadema de la Virgen que él había robado. Le hablaré de este hombre un poco más tarde, y le encantará saber algunas cosas, estoy seguro.

—¡No lo dudo! —aseguró el virrey.

Y subió la escalera en compañía de su hija.

Monasterio volvió a la plaza. En la taberna reservada a los soldados, los prisioneros liberados armaban un gran alboroto. El comandante vio a García saliendo del cuartel.

—¿El Zorro está encerrado? —le preguntó.

—¡El Zorro! ¡Ah! ¿Quiere usted decir don Diego?... Sí, comandante, está en su celda, pero pienso que se trata de un error, pienso...

—¡Silencio, tragaldabas! ¡Coloque dos guardas delante de su celda! ¡Después cerrará la taberna y evacuará la plaza!

—Pero, comandante, había prometido...

—¡Silencio! No quiero que el ruido moleste al virrey y a su hija. Y mañana, cuando se hayan ido, meterá de nuevo en el calabozo a los prisioneros liberados.

—¡Pero, comandante, muchos de ellos se han ido! ¡No han tenido confianza!

—Encerrará a los que hayan quedado. A los demás los atraparemos después.

Dicho esto, Monasterio volvió a su casa para cambiarse de ropa.

¡Todo iba bien! Esa noche habría una gran cena en honor del virrey. Estaría presente el alcalde, así como todos los notables de la villa, pero ninguno de ellos se atrevería a quejarse ante el virrey, porque sabían muy bien lo que les esperaba si se mostraban demasiado locuaces.

El único que habría podido estropear las cosas era el Zorro, pero ahora estaba bajo llave. ¡Y, al final de la cena, el comandante revelaría al virrey la identidad del Zorro! ¡Durante mucho tiempo recordaría esta velada!

Monasterio se admiró ante el espejo. Era un hombre guapo, muy elegante, y no dudaba que había producido una viva impresión en Constancia. ¡Qué joven encantadora! Si él la desposase tendría asegurado un rápido ascenso... ¡Coronel Monasterio! ¿Y por qué no general?

Capítulo 21

Se hace justicia

ANTES de ir a cenar a la posada, Monasterio fue a ver si Diego estaba bien vigilado. El cabo Ortega y otro lancero montaban guardia delante de la celda. El comandante examinó la cerradura. Estaban tomadas todas las precauciones.

—¿Está impresionado el virrey por su espléndida puesta en escena? —le preguntó Diego irónicamente.

—¡Estará aún más impresionado mañana al amanecer, cuando le cuelguen!

Diego se echó a reír.

Monasterio se volvió hacia los lanceros.

—¡Guardas! ¡No quiten los ojos del prisionero! —les ordenó.

Y, tarareando un aire de danza, atravesó la gran plaza en dirección a la posada.

González había preparado una excelente comida. Sentado junto a Constancia, el comandante hablaba modestamente de la gran obra que había realizado en su calidad de gobernador militar de la villa.

El virrey escuchaba con interés.

—Lamento que no puedan quedarse aquí más tiempo —le dijo Monasterio—. Pero sé que les urge proseguir la gira de inspección...

—Tengo todavía mucho que hacer —respondió el virrey—. Debo ir a San Juan y a San Luis y, por fin, a San Diego, donde pasaré algunos días.

—Tal vez tenga la suerte de verlo en San Diego —dijo el comandante—. Desde hace mucho tiempo no he podido abandonar la villa a causa de los trastornos que me causaba ese hombre fuera de la ley llamado Zorro... Pero ahora que lo he capturado...

—¿Ha apresado al Zorro? —gritó el alcalde.

Pina mismo se quedó completamente pasmado por esta noticia, pero se rehizo rápidamente.

—¡Siempre he dicho que lograría prenderlo! —afirmó.

—¡Perdóneme un instante! —dijo el comandante levantándose.

Se dirigió hacia la puerta, dijo algunas palabras al oído de dos de sus lanceros y luego volvió, anunciando con actitud jubilosa:

—¡Le he preparado una pequeña sorpresa!

Unos minutos más tarde, García y dos lanceros hicieron su entrada escoltando a un hombre enmascarado, que llevaba el traje del Zorro.

—Como puede ver, excelencia —dijo Monasterio frotándose las manos—, ¡por fin he logrado hacer caer en la trampa a este zorro! Mañana al amanecer será colgado.

Luego se volvió hacia García e hizo un gran gesto.

—¡Y ahora —exclamó—, quiero que vea quién es el Zorro!

Un profundo silencio reinó en la sala, mientras García quitaba el antifaz, que al fin cayó.

El virrey frunció el ceño.

—¿Qué broma es ésta, Monasterio? —preguntó.

—¿Qué? ¿Usted... co... co... conoce a este hombre? —balbució el comandante.

—¡Sí lo conozco! ¡Mi hijo y él hicieron sus estudios en la misma universidad, en España! ¡Y su padre es uno de mis viejos amigos!

Sonriendo, Diego se inclinó ante el virrey y su hija.

—Lo lamento, excelencia —dijo Monasterio—, pero ello no quita que éste sea el bandido el Zorro, que ha cometido numerosos crímenes.

—¡Don Alejandro de la Vega es uno de los súbditos más leales a Su Majestad! —bramó el virrey—. ¿Cómo se convertiría su hijo en un hombre fuera de la ley?

—¡Si estar fuera de la ley significa luchar contra la tiranía del comandante, yo también lo estoy! —declaró Diego—. El Zorro tiene toda mi simpatía. ¡Si yo hubiese sido más robusto, más valiente, lo habría imitado de buena gana!

Monasterio había palidecido de rabia.

—¡García! ¡Póngale de nuevo su máscara! —ordenó.

Cuando lo hizo, se volvió hacia el alcalde.

—Señor —dijo—, usted ya ha visto al Zorro. ¿No es este hombre?

El alcalde se encogió de hombros.

—Con ese traje, se parece al Zorro... Pero no puedo afirmarlo rotundamente.

—¡García! ¿Es este hombre el Zorro? —preguntó el comandante.

—¡Pues...! —dijo García—. Ya le he dicho que en mi opinión era un error y yo...

—¡Pina! Usted ha visto al Zorro de cerca. ¿Puede identificar a este prisionero?

Pina pasó la lengua por sus labios secos.

—Sí, yo soy leal —dijo—. Es el Zorro.

—¡Ah, ya lo ve, excelencia! —exclamó Monasterio volviéndose hacia el virrey.

Éste no respondió nada y se limitó a sacudir pensativamente la cabeza.

—Don Esteban, ¿puedo pedirle un favor? —dijo entonces Diego—. Querría hablarle unos instantes, fuera de la presencia del comandante.

Monasterio quiso protestar, pero el virrey le cortó la palabra.

—¡Él no se escapará! —declaró secamente.

El comandante tuvo que ir a dar un paseito por la plaza. Al cabo de un momento, habiéndolo llamado García, volvió a la posada y vio al Zorro de pie en el mismo sitio, siempre con su antifaz.

—Comandante —dijo el virrey—. Mire atentamente a Don Diego y dígame, con toda honestidad, si no puede confundirlo con algún otro que lleve el mismo traje...

—¡No hay error posible! —afirmó Monasterio—. ¡Este hombre es el Zorro!

En el mismo instante, Diego apareció en el umbral de la cocina, en mangas de camisa..

—¡Don Esteban! —exclamó—. ¡No podía desear mejor identificación!

Monasterio le miró con una expresión en la que se mezclaban el furor y la sorpresa. Avanzó hacia el hombre enmascarado, le hizo caer su sombrero, le arrancó el antifaz, y vio entonces ante sí a uno de sus propios lanceros.

—¡Es una trampa! —chilló, sin poder ya dominarse—. ¡Pero yo sé que don Diego es el Zorro! ¡Lo juro por mi vida!

Le quitó su espada a García, se la lanzó a Diego, que la atrapó al vuelo, y luego desenvainó la suya, gritando:

—¡Le exijo una reparación!

Se dispuso al ataque. Diego se limitó a defenderse, simulando una gran torpeza, como lo había hecho con Méndez, pero cuidándose bien de no dejarse tocar. Monasterio le acorraló contra la pared y se tiró a fondo para asestarle un golpe terrible. Diego le frenó.

Las guarniciones de las dos espadas chocaron, y durante un breve instante los adversarios se encontraron cuerpo a cuerpo.

—¡Le obligaré a revelar su aptitud o lo mataré! —gruñó Monasterio.

Luego retrocedió para retirar su espada. Diego aprovechó para deslizarse pegado a la pared y se refugió detrás de una mesa. El comandante intentó alcanzarlo, su hoja hizo volar unas astillas de madera, después de lo cual rodeó la mesa, pero Diego continuó batiéndose en retirada. A pesar de todos sus esfuerzos, Monasterio no lograba siquiera tocar al joven ni hacerle mostrar su verdadera cara. ¡A los ojos de todos, Diego seguía pareciendo un esgrimidor torpe... y afortunado!

—¡Ya basta! ¡Deténganse! —dijo el virrey.

Los dos hombres bajaron sus espadas. Diego iba a depositar la suya sobre la mesa cuando, con un golpe violento, Monasterio se la arrancó de las manos y luego colocó la punta de su arma en la garganta del joven.

—¡Y ahora —dijo—, reconozca delante de su excelencia que es el Zorro! ¡Si no, le atravesaré la garganta!

—¡Baje su espada! —ordenó el virrey.

—¡No! —replicó Monasterio—. ¡Le ofrezco una última oportunidad de decir la verdad!

Y empujó levemente su hoja.

En el mismo instante se elevaron unos gritos en la plaza. Se oyó un caballo lanzado al galope. Algo pesado chocó contra la puerta de la posada. Una voz chilló:

—¡El Zorro!

Los soldados que estaban en la posada se precipitaron al umbral, justo a tiempo para ver a un gran semental negro que avanzaba hacia la puerta de la villa. Su caballero llevaba una capa negra que volaba detrás de sí. Al galope, el caballo se sumió en la noche.

—¡El Zorro! ¡Es el Zorro! —gritaban desde todas partes.

El virrey y Constancia vigilaban con la mirada a Monasterio. Éste pareció a punto de poner en ejecución sus intenciones asesinas; luego bajó lentamente la espada y se apoyó en la mesa, como un hombre completamente abatido.

García hizo su entrada. Entregó al virrey el trozo de papel que envolvía la piedra lanzada contra la puerta por el caballero. Allí se leían estas palabras: «¡Invíteme a su próxima cena, comandante!».

Y el billete llevaba esta firma: «EL ZORRO».

—Esto traerá algunas dificultades —dijo el virrey volviéndose a Monasterio—. ¡Su pequeña puesta en escena de esta noche me ha convencido de que todas las acusaciones lanzadas contra usted eran fundadas!

—¿Cómo? —exclamó Monasterio—. ¿Otorga confianza a mis enemigos?

—¡Parece que sólo tiene enemigos en toda California del Sur! —replicó duramente el virrey—. ¡Responderá de sus actos ante la corte marcial de Monterrey!

Luego el virrey llamó a sus propios lanceros, que montaban guardia ante la puerta.

—Declaro arrestados al comandante Monasterio y al abogado Pina —afirmó—. Que sean encarcelados en espera de que se tomen las disposiciones para transportarlos por mar a Monterrey, donde comparecerán ante el tribunal.

Los lanceros rodearon a los detenidos. Pina temblaba como una hoja; Monasterio, que se había quedado inmóvil en su sitio, miraba fijamente al suelo, y hubo que empujarlo hacia la puerta.

Una vez que hubieron salido, el virrey se volvió muy sonriente hacia Diego.

—Había pensado —dijo— en pasar unos días aquí. Ahora que la situación se ha aclarado, me decido. ¿Cómo está su padre, don Diego?

—Rezonga con más energía que nunca —respondió Diego—, pero sé que estará encantado de verlos a ustedes dos.

El virrey se dirigió entonces a García.

—Aunque haya tenido que ejecutar las órdenes del comandante —le dijo—, sé, por los informes recibidos, que goza de la simpatía de la población...

García elevó la mano para saludar.

—¡Se hace lo que se puede, excelencia! —respondió.

—... Y esperando el nombramiento de un nuevo comandante, será usted quien cumpla esas funciones.

A García se le desorbitaron los ojos; su mano cayó blandamente.

—¡Asuma inmediatamente el mando! —añadió el virrey.

García se dirigió hacia la puerta con paso vacilante.

Cuando cruzó la plaza, un lancero avanzó hacia él.

—Han encerrado al comandante en el calabozo —le dijo—. ¡Eh, tragaldabas! ¿Qué ha ocurrido esta noche en la posada?

—¿Tragaldabas? —refunfuñó García.

—¡Pues sí, claro, barril de vino! ¡Cuénteme lo que ha pasado esta noche!

—¿Barril de vino también? —gruñó García—. Han pasado muchas cosas... Entre otras, han nombrado a un nuevo comandante.

—¿Y quién es?

—¡Soy yo!: ¡Miguel Demetrio López Velázquez García! ¡Y ahora, vuelva a su puesto!

García se dirigió entonces hacia el cuartel, pensando con orgullo en las importantes tareas que iba a realizar. Por el momento, no conseguía distinguir cuáles serían, pero eso vendría más adelante. En todo caso, ya sabía lo que no haría: no se cubriría de ridículo intentando capturar al Zorro. Éste no le hacía daño a nadie y era el amigo de todos los que sufrían injusticias.

Allí abajo, en la noche, en la carretera que llevaba al rancho de la Vega, galopaba un gran semental negro. Estaba montado por el hombre que había cruzado la plaza como un relámpago lanzando una piedra contra la puerta de la posada. Ese hombre era Bernardo.

Jamás en su vida Bernardo había tenido tanto miedo como cuando realizara su proeza. ¡Por todas partes soldados que habrían podido cerrarle el paso, matarlo! Pero ahora que lo había conseguido, se sentía infinitamente feliz. Al volver a la plaza, después de haberse quitado el traje del Zorro, había oído a la gente comentar el arresto del comandante. Y todo el mundo se reía de los vanos esfuerzos de Monasterio por hacer creer que don Diego de la Vega era el Zorro.

Sí, ahora todo iría mejor, sea quien fuere el nuevo comandante. Pero si un día el Zorro debía salir de nuevo de la sombra, *Tornado* estaría listo para ponerse en marcha. Y Bernardo cuidaría de él.

ÍNDICE

Este libro se terminó de imprimir en los talleres gráficos de Rogar, S. A., en Fuenlabrada (Madrid) en el mes de mayo de 1995, habiéndose empleado, tanto en interiores como en cubierta, papeles 100% reciclados.